望郷

老犬シリーズⅢ

北方謙三

集英社文庫

望　郷

老犬シリーズⅢ

第一章

1

闇。

眼《め》が馴《な》れるまで、高樹《たかぎ》は待った。

小屋の隅に、三人うずくまっていた。動物の巣にでも入りこんだような気分だ。高樹はゴロワーズをくわえ、ロンソンで火をつけようとした。火花が散るだけで、なかなか芯に燃えつかない。このところ、発火石の減りがはやくなった。分解掃除をしていないからかもしれない、と高樹は思った。

ようやく芯に火が移り、小さな明りがともった。小屋の隅までは、ほとんど光は届かない。自分の掌《てのひら》が、それだけ別のもののように闇に浮き出しただけだ。

「待たせて貰《もら》うよ、ここで」

煙を吐きながら、高樹は言った。三人は、ほとんど気配を感じさせなかった。

「こんな暗闇に、ひと晩じゅういるわけじゃないんだろう。誰か明りをつけろ」

高樹は、壁際のビールケースのような箱に腰を降ろした。三人とも動かなかった。それぞれが違う三頭の動物が、孤独に闇に潜んでいるような感じだ。

眼は完全に馴れている。ひとりだけ、時々殺気を放ってくる男がいた。動き出す度胸までは、決められないでいるようだ。

「おい、そこで頭に血を昇らせてるの。おまえが明りをつけろ」

強い口調ではない。友だちにむかうような喋《しゃべ》り方だ。男は動こうとしなかった。意外に若いようだ。

「あんた、誰なんですか?」

一番奥の暗がりから、別の男が声をかけてきた。こちらは、かなり歳《とし》を食っている。

「富永が戻ってくれば、私が誰かはすぐにわかるよ」

「それで?」

「ちょっとした話があるだけさ」

小屋の中に、富永がいないことはわかっていた。いれば、近づいてくる人間が誰かは、すぐに気づいたはずだ。小屋に近づく時、高樹は鼻唄をやっていた。

「じゃ、ローソクをつけるから」

ひとりが、暗がりから這《は》い出してきた。マッチが擦られ、ローソクがともった。マッチを擦った男は、四十前後で、痩せて頬骨だけが突き出ている。隅から動こうとしない二人は、まだ十代の後半に見えた。

「灰皿を、貸してくれないか」

「ねえよ、そんなもん」

　三人の中で、ひとりだけ殺気を放っていた少年が言った。

「名前は？」

　高樹は、携帯用のアルミ箔《はく》の吸殻入れで、短くなったゴロワーズを消した。床のコンクリートには、吸殻が散乱している。

「なんであんたに、名前なんか言わなきゃなんねえんだ」

「名前ぐらい知っていれば、飛びかかられた時に多少手加減して対応できる」

「あんたみたいな爺《じい》さんがかよ。俺が飛びかかんねえのは、ガキのころから老人を大事にしましょう、としつけられたからさ」

「いまでも、ガキじゃないのか」

　口もとだけで、高樹はちょっと笑った。三人とも、大したことはできそうもない。少なくとも、血で汚れたけものの匂いはどこにも漂っていなかった。むしろ、懸命に生きようとする、小動物のような感じがある。

「富永さんとの関係は？」

「知り合いだ」

「どうして、ここを知ってんだよ？」

「カンってやつさ。入った瞬間に、四十年も昔のことを思い出したよ。電気もきていない暗い小屋で、しばらく暮したことがある。あのころ、東京はそういう小屋ばかりだった」

「けっ、いつの話をしてんだよ。東京でオリンピックがあったってのも、俺たちにゃ、生まれる前の昔の話なの」

「いくつだ、坊主？」

「十八だよ。あんたの何分の一しか生きてねえんだろうけど、坊主なんて呼び方はやめといてくれよな」

「トルエンを売って、面白いか？」

「仕事でやってんだよ。てめえで吸《や》るわけじゃねえ。仕事が面白いなんてやつ、この世にいるのかよ」

「やめろ、元行。俺たちゃ、トルエンなんか売っちゃいねえ」

元行と呼ばれた少年が、うつむき、口を噤《つぐ》んだ。

高樹は、もう一本ゴロワーズをくわえた。

この連中が売人をやっている池袋駅周辺では、今夜、大がかりな狩りこみがあったはずだ。ここへ逃げこんで、じっとしていたところなのだろう。

「この分じゃ、富永は検挙《あげ》られたかな」

元行が、弾《はじ》かれたように顔をあげた。眼が合った時、高樹は笑ってみせた。元行が横をむく。

板橋の、倒産した町工場の物置。戦後すぐならばいいねぐらになりそうだが、いまは住宅街の中にポツンとある、死んだような場所だった。こんなところがいまもあるのかという感じだが、こんなところだから倒産したともいえる。

「ここの土地も、誰かの手に渡っているんだろう。そのうち、追い出される」

「別に、住みついてるわけじゃありませんよ。ひと晩だけ、ちょっと借りたってとこで。それだって悪いのはわかってますが、誰もいないし、前の道を通る人間も少ないもんで、ついね」

「なんのために、こんなところにいるのかは、訊《き》かないようにしておこうか」

「別に、なにをしてたってわけでもないんですよ」

「ここで、トルエンの瓶詰めをやってたわけでもなさそうだ」

中年の男は、喋り方も分別臭く、どこか老いた感じだった。

口笛が聞えた。三人の躰《からだ》に、緊張が走るのがわかった。高樹は煙を吐き、携帯用の吸殻入れの中で煙草《タバコ》を消した。

戸が開いた。高樹は、腰を降ろした壁際から動かなかった。

「お久しぶりです」

入ってきた富永は、驚きもせず高樹を見つめると、頭を下げた。

「ゴロワーズってのは、外にまで匂ってきますね。葉巻みたいなもんだ」

「出所《で》てきて、三カ月か。ということは、三年三カ月ぶりになるんだな」

「変っておられませんね、旦那は。いきなりこんな場所にフラリと現われるやり方も」

「おまえを、逮捕《あげ》ようと思って、来たわけじゃない」

「前科《まえ》持ちに対して、おかしな真似《まね》をなさる方でもない。旦那の用事はいつも思わぬところにあるんで、それについちゃ俺もちょっと警戒してます」

「トルエンを、売らせてるのか？」

「もしそうだとしても、こんなとこでトルエンの瓶詰めをやるほど、俺が抜けてると考えておいでですか」

「いや」

「じゃ、外へ行きませんか。こいつら、もう帰しますから」

腰をあげた。高樹につられたように、三人も立ちあがった。

富永と高樹は、並んで外へ出た。

「板橋の駅前に、小さな店があります。店の方で、旦那を歓迎するかどうかは、わかりませんが」

「刑事を歓迎する店ってのは、実は怪しいところばかりさ」

小屋を出かかっていた三人の動きが止まった。刑事という言葉を、耳にしたからだろう。高樹がふりむくと、元行ひとりが身構えた。

「おまえは、気をつけた方がいいな。そうピリピリしてると、目立つ。よその縄張《シマ》でトルエンを売ってるんだろう。目立たないように、影みたいに立ってる方法を覚えろ。子供であっても、縄張荒しが受ける制裁は、半端なものじゃないぞ」

元行が、高樹を睨《にら》みつけてきた。小屋の隅から殺気を放っていた時より、ずっと凶暴な迫力がある。もうひと押しすれば、飛びかかってきそうだ。

「俺たち、トルエンなんか売っちゃいませんよ」

割って入るように、中年男が言った。

「嘘《うそ》だと言うんなら、小屋の中を調べてみりゃいいじゃねえかよ」

「やめろ、元行」

富永が言った。高樹は、元行の顔から眼をそらした。けもの。そんなふうに成長していきそうな感じがある。そして、自分が出会ったけものは、いつも死にむかって突っ走っていった、と思った。

「また連絡する。おまえらは帰れ」

富永の言うことには、三人とも大人しく従っていた。

住宅街を、しばらく歩いた。やがて、駅前の繁華街の明りが見えてくる。富永が煙草に火をつけた。煙を吐き、煙草を眼の前に翳《かざ》し、思い出したように笑い声をあげた。

「旦那の前で、これを道に捨てちゃいけないんでしたね」

「スモーカーのエチケットってやつだ。私は、煙草屋でくれる携帯用の吸殻入れを持ち歩いてるよ」

「変りませんね、ほんとに。警視になられたって噂《うわさ》は、耳にしておりますが」

「現場には、あまり出なくなった。自分ではその気がなくても、まわりは老人扱いをする」

「老いぼれ犬って呼び名は、前からぴったりでしたよ」

富永が、小さな店のドアを押した。

カウンターと、五、六人がかけられそうな丸テーブル。女がひとりと、初老のバーテン。どこにでもありそうな店だった。

「自分が飲んだものは、自分で払う。それでよろしいですね」

「おまえが、私に奢《おご》られたくないと思うんならな」

カウンターのスツールに腰を降ろした。九時を回っているが、ほかに客はいない。

お互いに、水割りを頼んだ。富永は、いま三十六を過ぎたくらいか。逮捕したのは三十三歳の時だった。

　この男も、けものだった。やはり、死にむかって突っ走っていこうとした。死ななかったのは、その前に高樹が逮捕したからだ。

　いまの富永から、けものの匂いは直接漂ってこない。その匂いを躰の奥に収《しま》いこんでしまう方法を、刑務所で覚えてきたのだろう。刑務所という檻《おり》は、けものの牙を抜きはしない。大抵の場合はそうだ。

「おまえの組織で残ったのは、あの中年男だけか。私には記憶がないが」

「目立たない男でした。出所《で》てきた時、迎えたのもあいつだけですよ。もともと十二人しかいない、小さな組でしたけど」

「ほかの連中の消息は？」

「さあね。捜そうって気には、なりませんでした。また集まってきたとしても、大したことはしてやれませんし」

「いまのおまえじゃな」

　高樹は煙草をくわえた。ロンソンのオイルライターは、なかなか着火しなかった。見かねてバーテンがマッチの火を出してきたが、高樹はそれを吹き消した。

「すまんね。私は、人から火は借りないようにしているんだ」

　初老のバーテンは、ちょっと頭を下げただけだ。女が、高樹のそばに腰を降ろそうとした。富永がなにか合図したようだ。曖昧な笑みを顔に貼りつけたまま、女は奥の席に戻っていった。

高樹は、ライターを鳴らし続けた。根気よく続けていると、必ずいつか着火する。調子がよければ、二、三度で着火することもめずらしくないのだ。

「ヤスリのところに、発火石のカスが溜《たま》ってね。デスクワークばかりで、前より掃除する時間はあるのに、かえって無精になった」

ようやく、着火した。

煙を吐くと、富永の顔が綻んだ。眼の奥にある暗い光は、それでも消えなかった。

三年の懲役は、傷害致死だった。殺人罪が適用されなかった理由は、いくつかあった。富永自身が傷を受けていたこと。高樹が逮捕した時点で、相手がまだ死んでいなかったこと。判決通りの刑期で出所してきたのは、富永が格別模範囚ではなかったということだ。裁判でも、弁解がましいことはなにひとつ言わなかった。きちんとした弁護士がついていなければ、量刑はもっと重かったはずだ。

「おまえのことを、やたらに気にしている男がいてね」

「古川の旦那ですね」

「気がついているとは、思った。あんな小屋を、気づかれずに古川がつきとめられるはずはないし。古川は、どうしてもおまえを逮捕《あげ》たいらしい」

「でしょうね。でも、いつもひとりでした」

「独断専行さ。つまりは、カンで動きたがっている」

「あの小屋にいるという理由でも、逮捕《あげ》られますよ。不法占拠ってやつでしょう？」

「殺しで、逮捕《あげ》たいのさ」

「あそこにゃ、トルエンもありませんしね」

トルエンの密売といっても、儲《もう》けは知れたものだろう。ドリンク剤の瓶に詰め直したものが、せいぜい一本三千円というところだ。百本売っても三十万にしかならない。しかも池袋の駅の近辺だ。ほかに目的があると、古川でなくても考えるだろう。

「あの小屋は、逃げ場所のひとつにすぎないんだろうな。あんな場所を、五つか六つ用意したか」

「あそこだけですよ」

「古川につきとめられたのはな」

「旦那だって、来たじゃないですか」

「所轄の狩り込みがあった。そういう時は、管轄区外のあそこだろう、と見当をつけただけさ」

富永が、水割りを飲み干し、お代りを頼んだ。四人の客が入ってきて奥のボックスに腰を降ろし、ようやく酒場らしい空気が流れはじめた。

「あの、元行という坊やには、気をつけててやれ」

「無茶をやりそうに見えますか？」

「私と眼が合っても、そらそうとしなかった。かなり肚《はら》は据っているな」

「手綱は、しぼっておきます」

「私は、おまえが池袋に直接手を出そうとしている、とは思っておらんよ。その気なら、目立つことは避けるだろう。なんのつもりか知らないが、挑発しているだけだ」

「俺も、生活していかなきゃならない、というだけのことです」

「おまえみたいな男を、何人も見てきた。大抵、死んだよ」

「死ぬ時は、死ぬ。そんなもんでしょう」

「死ななくてもいい時に、死んじまうのさ」

半分ほど残っていた水割りを、高樹はひと息であけた。ウイスキーは、あまり飲まない。家ではブランデーが多く、仕事の時はビールをチビチビとやる。

「俺は、殺したいと思った人間を、殺しましたよ。ほんとなら、まだ刑務所《なか》にいて当然だと思ってます」

「おまえの弁護をした、谷という弁護士とは、ちょっとした知り合いでね。弁護士として彼が現われた時は、おかしな縁だと思ったもんだ」

「そうですか。国選じゃなく、先生の方から弁護を買って出てくださいましてね。俺の知り合いの紹介なんですが」

「その知り合いが誰か、教えてくれんか。そのために、私は今夜来たんだ。谷君も、教えてはくれなかった」

「俺も、言えません」

「まあ、期待はしていなかった」

「あっさりしたもんですね」

「そうでもないさ。無駄なところを、必要以上に押さないだけだ」

「現場の捜査にも、よく出られるんですか？」

「時々、だな。遊軍扱いで、古い事件が回ってきたりすることがある」

「古川の旦那は、下におられるんですか？」

「私の下には、婦警がひとりいるだけだよ。古川は、どうも個人的に私の捜査のやり方に関心を持ったようだ。暇な時は、私のところで油を売っている」

「似たところは、あまりありませんが」

「まだ、三十になっていない」

二杯目の水割りを、半分ほど飲んだ。

音楽が大きくなり、客のひとりが女と踊りはじめた。高樹は煙草をくわえ、ライターを鳴らした。やはり、着火は悪い。

2

窓からの陽《ひ》が、デスクに当たっていた。

高樹は、資料室から借り出してきたファイルを、丹念にめくっていた。一枚めくるたびに、指さきを舐《な》める。それを松井直子はいやがって、指さきのすべり止めという、塗り薬のようなものを買ってきたが、夢中になるとそれを忘れてしまう。

捜査一課の分室のような部屋で、隠居所という趣きもある。個室を与えられているという恰好《かっこう》だが、正式には婦警の松井と二人しかいない状態というだけで、いつほかの連中が入ってきてもおかしくなかった。

高樹が若いころ、大島という警部がいた。五十をいくつか過ぎたころから、現場を離れ、資料室の脇の小部屋に席を移した。窓もない部屋で、いつも湿っぽく、そこで大島は毎日資料の整理をやっていた。捜査にかけては、一流だったと言ってもいいだろう。よく、大島に相談に行ったものだ。大島は、その部屋で定年を迎えた。

時々、鳥のような感じがした、大島の痩せた風貌を思い出す。自分も、同じようなところで定年を迎えるのか、とも思う。ただ、あのころと較《くら》べると、庁舎はずっと明るく立派になった。

「警視、課長に言われた捜査、放っておいてもいいんですか?」

松井は、出かけたくてウズウズしている。いまは、この婦警が高樹の組むペアの相手だった。

高樹は、老眼鏡を下げて松井の方を見た。その仕草も、松井はいやがる。要するに、老人が嫌いなのだ。高樹の、スーツ姿だけは評価している気配もある。

「捜査って、どうやればいいいんだ？」

「それは、聞込みとか、現場をもう一度見てみるとか」

「四年前のことを、そう憶《おぼ》えている人間がいるとは、私には思えないがね。現場にも、他人が住んでいる。もう、初動の考えは捨てた方がいいな。現場百遍と教えられはしたんだろうが、聞込み内容も含めて、資料はすべて揃《そろ》ってる」

「じゃ、なにもしないんですか？」

「待つのさ。それも捜査のうちだ。課長は、機動的な捜査を私に期待して、あの事件を押しつけたわけじゃない。隠居仕事にちょうどいいと思ったんだろう」

「隠居仕事だなんて。殺人事件ですよ」

「君は隠居のお守《も》りさ。ここに配属される時、そう言われなかったのか？」

「捜査の大ベテランだから、勉強させて貰えと言われました」

松井がこの部屋に来て、六カ月というところだ。その間、ペアというかたちでは、大した仕事はしていない。継続捜査になっていた事件を二つ解決したが、両方とも最後は若い連中に任せた。解決の糸口も、足で見つけたというのではなく、高樹が長い間培ってきた情報網から摑《つか》んだものだった。情報網は、人から人へ受け継ぐのは難しい。松井には、運よく密告で犯人を見つけた、としか思えなかっただろう。

「そっと眠らせておくんだ」

「なにをですか？」

「事件をさ。籠をひとつ仕掛けたら、あとはそっと眠らせておく。小鳥を捕まえるみたいなものだな」

「警視、あたしは初動の再点検からやった方がいいと思います」

「初動の資料は、読んだだろう」

「洩《も》れてるものが、あるはずです」

「としても、何十人もかかってやったことを、二人で再点検できると思うかね」

「時間をかければ」

「大人しくしていなさい。鳥籠は仕掛けてある。あとは、小鳥が入ってくるのを待つだけでいいのさ」

不動産の絡んだ、殺人事件だった。ほとぼりというやつがある。それはもう、完全に冷めてしまっていた。事件そのものを記憶している人間も、少ないだろう。

どこまで見ないふりをし、どこまで見てしまうか。資料を読んで、高樹ははじめにそれを決めた。殺人の実行者だけを逮捕《あげ》ればいい、と課長の眼は言っていた。そうやって勝手に解釈して平然としていられるのも、歳だということかもしれない。

「鳥籠って、具体的にどういうことですか？」

「絡むね。外は、いい天気じゃないか」

「こんな日に、部屋に籠りっきりというのは、精神衛生にもよくないんです」

「あてのない捜査をするというのは、精神とともに、肉体の衛生にもよくない」

それ以上、高樹は松井にとり合わなかった。

古川がやってきたのは、正午過ぎだった。いつものジャンパー姿だ。頭にパーマまでかけているので、まともな人種にはとても見えない。ジャンパーを着るのは、背広に合うものがなく、仕立てなければならないからだ、と本人は言っていた。百八十五センチで、九十キロを越える巨体である。

「昨夜の狩り込みに、やつはひっかからなかったみたいです」

「そうか」

「別件で、やつを所轄に逮捕《あげ》て貰う、というわけにはいかないですかね？」

「それで、どうする？」

「要するに、やつの気持を探りたいんですよ。そのためには、一対一で喋る時間があった方がいいような気がします」

「余計なことをやりたがるもんだ、いま時の若いやつらは」

「ほう」

古川が、松井の方を見てにやりと笑った。

「松井くん、高樹さんにどやされたのか」

「警視は、そんなことはなさいません。鼻で笑われただけです」

「鼻でか」

呟《つぶや》きながら、古川は煙草をくわえた。部屋にデスクは三つ入っている。ほかに折り畳みの椅子が四つあって、簡単な会議ぐらいはできた。

「やつが池袋にいる。それだけで、犯罪の意志はあるような気がします」

「なにか起きるまで、動くことは許されん。それが、刑事《でか》の宿命みたいなもんだ」

「できることなら、俺は犯罪が起きるのを防ぎたいんですよ。やつを、刑務所《なか》に舞い戻らせたくはないです」

「それも、余計なお世話さ」

「わからないよなあ」

「そういう時は、わかるまで待て」

「俺がわからないのは、高樹さんがなぜ平然としていられるか、ですよ」

「なにも起きないから、平然としているんだ」

古川は、いつもどこか馴々《なれなれ》しい態度で近づいてくる。警視と巡査という階級を、無視している感じもある。それが、松井にはひどく気に障るようだ。古川が現われても、松井はいつもよそよそしかった。

高樹が過去に扱った事件の資料を、かなり読みこんでいた。それに敬意を払って、しばしば部屋にやってくるのだとはわかっていたが、自尊心がくすぐられるような歳でもなかった。

「三年前にやつを逮捕《あげ》たの、高樹さんですよ」

「逮捕《あげ》た時、刑事《でか》の仕事は終るのさ」

「高樹さんがそう思えるようになったの、いくつぐらいからですか？」

「忘れたね」

「自分がガキだってこと、わかっちゃいますよ。だけど、俺の歳で達観しても、仕方ないだろうと思います」

「私には、なんとも言えんな」

古川は、中野で発生した連続殺人事件の捜査本部に入っているはずだ。富永をつけ回しているのは、その合間ということになる。

「いま、高樹さんが抱えてる事件は？」

「資料整理さ」

松井がなにか言う前に、高樹は言った。古川がちょっと肩を竦《すく》める。

「俺は、ずっとやつに張り付いてるわけにゃいかないんですよ」

「私にそれをやってくれ、と言うんじゃあるまいな」

「高樹さんが、やつのことを大して考えてないんなら、仕方ないですよ」

「いちいちひっかかる言い方をするな。気になったことは自分で解決する。それも刑事《でか》の仕事だ」

高樹が富永を逮捕した時、後続の応援として最初に駈《か》けつけてきたのが、古川だった。まだ相手の男も倒れたままで、放っておくと留《とど》めを刺しかねなかったから、血だらけの富永の手首に手錠を打ったのだ。

高樹と富永の会話も、古川は全部聞いていた。高樹も古川も同じ事件に投入されていて、倒れている男を追っていたのだった。つまりは、富永に捜査本部がさきを越されたという恰好だった。高樹が、その男を富永に刺させた、と古川は疑っているようだ。誰も口にしないが、ほかに疑った人間もかなりいるだろう。そう疑われても仕方がないほど、高樹の扱った事件には死人が多かった。それも、警察の手が届きにくい大物が、死んでいく。

高樹は、写真機用の小さなドライバーを出し、ライターを分解しはじめた。

古川が部屋を出ていく。これをやっている時に話しかけたことが一度あり、こっぴどく高樹に怒鳴られたのだ。

複雑な機構のライターではなかった。ドライバー一本で、分解も組立てもできる。まず、ブラシで発火石のカスなどを払う。それから、オイルをしみこませた綿棒で磨くのだ。ヤスリの部分が、一番汚れる。そこだけは、石鹸水《せっけんすい》で丁寧にブラシングし、ハンカチに包みこんで乾かす。

ひと時、それに熱中していた。錆《さ》びたところなど、どこにもない。部品のひとつも、取替えてはいない。三十年近く、そうやって使い続けてきた。メッキはかなり剝げて、真鍮《しんちゅう》の色がむき出しになっているが、不思議に毀《こわ》れなかった。

組立て、発火石を取替え、オイルを少し足した。試してみる。三度で着火した。芯に、ススが溜っている。芯だけは二度ほど交換した。ススを取って少しずつ引き出しているうちに、短くなってしまうのだ。

電話が鳴った。

「警視にです」

松井が、送話口を掌で押さえた受話器を突き出してくる。

「高樹です」

声に聞き憶えはあった。待っていた電話だ。短く受け答えをし、切ると腰をあげた。

「出かけるぞ、松井くん。君が運転をしてくれ」

「わかりました」

気のない顔で、松井は立ちあがった。

目黒駅のそばだった。午後四時近くで、夕方のラッシュにはまだ間があるが、桜田門から四十分近くかかった。その間、高樹は一度車内から電話を入れた。

「どなたかと、待ち合わせですか？」

駅から百メートルほどの路肩に駐車させると、松井が言った。

「そういうことになるな」

「仕事なんでしょうね、警視？」

「さあな。デートかもしれんぞ」

高樹の冗談に、松井はほとんど反応しなかった。

三十分ほど、じっと待った。高樹がのべつ煙草を喫《す》うので、松井はサイドウインドを全部降ろしている。

ありふれた国産の車が停《とま》り、男がひとり降りてきた。

「意外に、早かったな」

「なにがです？」

答えず、高樹は前方を注視し続けた。男はビルの中に入っていった。気づくと、鼻唄をやっていた。松井はじっとしているが、苛立《いらだ》っていることが、表情でわかった。

「トイレ、大丈夫か？」

「余計な心配は、してくださらなくても結構です」

「心配はしてない。そこのビルに入って、一階と二階の間にあるトイレに入れ。エレベーターを降りてくる男がいる。手配中の男だ」

「えっ」

「小鳥が、鳥籠に入ってきたわけさ」

「それじゃ、あの」

「入っていく男を、君は見なかったのかね？」

「その、何人か入っていったような気がしましたが」

「徹夜の張りこみなど、これじゃ無理だな。とにかく、ここには二人しかいない。挟むしかないんでね。君は建物の中からだ。私が動くまで、出てくる必要はない」

頷《うなず》いたが、松井はすぐには動かなかった。

「怕《こわ》いのか？　女だてらに、捜査一課を強く希望したそうじゃないか」

「怕くはありません」

「じゃ、行け。ひとりだ。逮捕は簡単に済むと思うが、拳銃などを持っている可能性もある。それに、四年前とはいえ、人を殺している男だ」

「あたしは、拳銃を携行していません」

「ぶっ放すのが、捜一の仕事じゃない。怕いなら怕いと言って、交通課にでも配属替えして貰え」

「行きます」

言って、松井は車を飛び出していった。

高樹は、新しい煙草をくわえた。ロンソンの着火はいい。

十分ほど、車の中で待った。

男が来たと連絡を入れてきたのは、昔の仲間の不動産屋だった。わずかな貴金属類を持ちこんで金に替えることを、男はこの四年間で三度やっていた。どうやって手に入れたものかは、わからない。不動産屋が届け出なかったのは、なにがしかの儲けになったからだろう。

四年前の殺人事件を課長に押しつけられた時、高樹が最初にやったのは、捜査資料を精読することだった。特に、犯人の交遊関係を念入りに読み、二人の男に目星をつけた。いまビルの中で会っている男に絞ったのは、ほかにも故買の事実を摑んだからだ。それには眼をつぶるという約束で、犯人が現われる時は電話をするように言った。約束のことは、無論高樹以外は誰も知らない。犯人を逮捕した時、どう証言をするかも打ち合わせてあった。

十五分が過ぎた。

男の姿が、エレベーターから出てくるのが見えた。

高樹は車を降り、男の方へゆっくりと歩いていった。ビルのドアが押される。車にむかって、男が真直《まっす》ぐに歩いていく。

不意に、女の金切声が聞えた。警察手帳を振りかざした松井が、転がるようにして出てくる。男がふりむいた。右手。内ポケットに入った。高樹は走りはじめた。一発。はずれた。二発目が出る前に、高樹は男の拳銃を手錠で叩き落とした。男とむき合う。次の瞬間、手錠を首筋に叩きこんだ。膝から、男の躰は崩れ落ちた。

高樹は大きく息をついた。

松井が、舗道に座りこんでいる。放心しているようだ。

「所轄署に連絡を入れなさい、松井君。こいつは、発砲事件になっちまったぞ」

男に、後ろ手に手錠をかけた。男が薄く眼を開いて高樹を見あげる。

「なんだったんだ?」

男はかすかに首を振った。

「野郎が、俺を裏切ったのか?」

「裏切り?　なんのことだね。手配中のおまえを、偶然発見した。老人と女だったが、二人とも一応警官なんでね。見過すことはできなかったってわけさ」

「あんた、俺をどうやって倒した」

「ぶつかったら、おまえは倒れたよ」

高樹はハンカチを出し、舗道に転がった拳銃を拾いあげた。松井は立ちあがりはしたものの、まだ放心したままのようだ。パトカーの赤色回転灯が見えた。松井が連絡する前に、通報が行ったようだ。

「本庁捜一の高樹だ」

パトカーから降りてきた警官に言った。ひとりは高樹の顔を知っていたらしく、直立して敬礼した。

「本庁までの、犯人《ホシ》の護送を頼めるかね。それから発砲現場の検証は、所轄でやってくれ。使われた拳銃は、私が持っている」

「その女性の方は？」

「彼女も、警官さ」

言って、高樹は煙草をくわえた。

3

朝一番に、古川の大きな図体《ずうたい》が部屋に入ってきた。

「きのうの夜、沖山が殺《や》られました。それも、広尾の愛人のマンションから出てきたところをね」

「らしいな」

古川が、折り畳み椅子を乱暴に開くと腰を降ろした。

「俺は、ほんとに間抜けですよ。その時間、池袋にいたんですから。やつに散々振り回されながらね」

「ひとつだけ、教えておこう、古川」

「なんでしょう？」

「人殺しをさせたくなかったら、殺す方じゃなくて、殺される方に張り付くことだ」

「そうでしょうね。身に沁《し》みました」

富永が沖山を殺す。古川はそう読んでいた。富永がことさら池袋に姿を現わし、沖山の縄張《シマ》荒しのような真似をしたことも、それを確信させることになったのだろう。

富永の縄張荒しは、ゲリラ戦以外のなんでもなかった。トルエンの販売。沖山が、自ら陣頭指揮をするほど、重要な資金源でもなかったはずだ。

「落ちこむな、古川。沖山が殺《や》られるという推測は、当たっていたじゃないか」

「富永がやる。それ以外のことは、考えていませんでした。だから、俺の推測なんか当たっちゃいません」

「いずれにしても、沖山は殺《や》られた。四課じゃ、騒いでるんじゃないか」

「びっくりはしてるみたいです。ただ抗争を抱えてたわけでもないし、個人的な恨みで刺されたんじゃないか、という観測も出てますよ」

「確かに、沖山のところは、富永にひっかき回されただけだな」

「警視は、はじめから、富永がやるわけじゃない、と見ておられましたか？」

「警視か」

「いつも高樹さんとしか呼ばず、失礼なことをしてるのかもしれません。階級とか、そんなものじゃなく、刑事として尊敬しているつもりでしたから」

「呼び方なんて、どうでもいいさ。警部止まりだろうと思ってた。それが警視にして貰った。どんな功績が自分にあったんだろうと、ふと考えたよ」

「輝かしい功績ですよ。日本の警察に、警視ほどの功績をあげられた方は、ほかにいないんじゃないでしょうか」

功績が生き甲斐《がい》だと、思いこもうとした時期もあった。拠って立つなにか。それがなければ、刑事を続けてはこれなかっただろう。そういう功績に対する執着も、五十に近くなったころには消えていた。

「沖山自身も、富永がなぜ縄張《シマ》をかき回すのか、首を傾《かし》げてただろう。まして、トルエンの密売なんかでな。警戒してはいただろうが、大したことじゃないとも思っていたはずだ」

「懸命に追ってましたよ、組員は。七、八人の特別チームを作って、それに追わせてました。富永は、巧妙に逃げ続けましたけどね。板橋の工場の小屋も、逃げ場のひとつだったと俺は思ってます」

高樹は、デスクの書類の束に眼をやった。三年三カ月前の、富永の事件の資料を中心として、考えうる限りの資料を、資料室から引っ張り出してきた。富永が、なにを狙っていたのか。どうやって、沖山を殺す気だったのか。資料の中から、それを見つけ出すことは、結局できなかった。

「駄目ですね、俺は。なんでこうなんだ。富永が沖山を狙うとしか、考えていませんでした」

「それで？」

「それだけですよ。四課じゃ、沖山殺しの犯人《ホシ》はすぐにでも出てくるだろう、と読んでますよ。密告か、身代りの自首かで。それで済ましちまうつもりなんでしょう」

「そうかな」

「負け戦です。独断専行でこんな負け戦なんて、恥しくて人にも喋れません」

「これから、自重すりゃいい」

若い刑事が馴々しくしてくる。馴々しいとまでは言えないとしても、敬意を持って近づいてくる。あまり高樹の好むところではなかった。そういう若い刑事に、死なくてもいい男を、殺させてしまったことがある。刑事自身が、死んでいったこともある。

「きのう、捕り物だったそうですね」

気を取り直すように、古川が話題を変えた。黙って書類を作っていた松井の躰が、ピクリと反応するのがわかった。

「おびき出して、逮捕《あげ》たんですね。沖山のことより、警視のことで、今朝の一課は持切りでしたよ」

「偶然さ」

「いつも、そう言うそうですね」

古川が、腰をあげた。

ちょっと肩を落として出ていく古川の後ろ姿を、高樹は黙って見送った。富永を狙いながら、結局は富永のアリバイを証明する立場に回ってしまった、と言ってもいい。古川にとっては、皮肉以外のなんでもないだろう。

古川は、どこかで富永に魅《ひ》かれていた。自分では気づいていないだろうが、高樹にはそれがよくわかった。逮捕される時の富永を見たせいなのか。その後富永のことを調べたのか、詳しいことは知らない。ほとんど忘れかけていた富永の出所を、高樹に知らせにきたのも古川だった。

「警視」

気づくと、松井が眼の前に立っていた。

「きのうは、御迷惑をおかけしました。家に戻ってからも、ずっと反省を続けました。あんなところに、警察手帳を振りかざして飛び出すなんて、ほんとうに常軌を逸していましたわ」

「それで？」

「辞表を、書いてきました」

デスクに、封筒が置かれた。

「弾が当たらなかったんで、辞表も出せる。当たらなかったのは、偶然と言っていい。つまり、君がこうして生きているのは、偶然なんだ。はじめからやり直せ。偶然生きている人間に、辞表を書く資格はない」

「あたし自身のことだけならともかく、警視も危険な立場に追いやったと思います。それは、許されるべきことではないでしょう」

「君にも、同情すべき余地はあるさ。私は、自分が目論《もくろ》んでいることを、あまり人に喋らん。それで私の行為がなんのためなのか、君が判断に迷うこともあっただろう。辞表は預かろう。同じ失敗を、二度やらなければそれでいい」

高樹は、松井の辞表をデスクの抽出《ひきだし》に放りこんだ。松井はまだ立ったままだ。

「言ってる意味は、わかったのか？」

「はい」

「じゃ、この件はもうなしだ」

「ひとつ、質問してもいいですか、警視？」

高樹はちょっと頷いた。

「あの男を倒した技は、なんなんですか。あたしには、なにがどうなったのか、まるで見えませんでしたわ」

「刑事も年季を入れてくると、とっさの時の技ってものを持つんだよ。そういうものなんだ。あれは私のとっさの技で、君に教えたところで参考にもならない」

「そうですか」

「君は、合気道はどこまでやった？」

「三段です」

「立派なものだな。今回のことと関連するが、君には当分拳銃の携行を禁止する。きのうも、持っていればさきに撃ったと思わないか？」

「はい。それを考えて、全身に汗が出てきました」

「よし。もう気にしないことだ。課長はまた、ゴミみたいな仕事をわれわれに押しつけてくるぞ」

松井が席に戻った。

「もうひとつ、訊いてもよろしいですか、警視？」

高樹は頷いた。松井が手帳だけで飛び出してきた時、確かに驚いたが、慌てはしなかった。場合によっては、松井が射殺されてもいいと、心の底のどこかでは思った。それがいま、多少後ろめたくなっている。

「あの不動産屋のこと、警視はどうやって発見されましたか？」

「見落としが捜査の中にあるかもしれない、と君は言ったな。しかし、もう一度捜査をやり直すのは、二人では不可能だ。それで、捜査資料の中から、見つけるんだよ。事件直後は見えなかったものでも、四年経《た》てば見えてくるものがあった。たとえば、犯人《ホシ》の交遊関係だ。犯人も、生きていかなくちゃならん。その時頼るのは、多少でも臑《すね》に傷があって、警察をあまり歓迎しない連中だろう。その中で、私はあの不動産屋に当たった。どういう当たり方をしたか、不動産屋との約束で言えないが、臑の傷を多少は利用したね」

「あたしは、それを全部、警視に教えていただくわけにはいかないんですか？」

「いかない。なぜなら、警官としてきれいなやり方とは言えないからだ。今回の場合は、不動産屋の臑の傷に眼をつぶらなければならなかった。むこうも、二人が知っているよりひとりしか知らない方が、いくらか安心だろう。警官としての、モラルの問題もある。そういうものは、老骨がひとりで被《かぶ》っていればいいことだ」

自分で喋っていても、詭弁《きべん》に聞えた。自分以外はあまり信用しない。若いころからずっとそうだったのだ。

「ありがとうございます」

「ほかにも、継続捜査として私に回され、手がつけられないでいる事件がある。できることがなにか、わかってるね」

「はい」

息子と同じ歳だな、とふと思った。一雄は大学を卒業し、都立高校の数学の教師をやっている。高樹の父が、理科の教師だった。

「松井君、ボーイフレンドは？」

「いません」

「君らの歳ごろだと、大抵は」

「いま、恋愛なんていう余裕はありません。捜一に配属された以上、自分の時間はないものだと思ってます」

「まあ、硬直しないことだ。特に、考えを硬直させない。継続捜査は、発想の転換が大きな武器になることもある」

「はい」

警察学校の教官に対するような返事だ。

継続捜査が役目と、決まっているわけではなかった。ほかの仕事も回ってはくるが、遊軍の性格上、やはり継続捜査が一番多い。課長も一応は気を遣っているフシもあって、あまりおかしな事件は任されなかった。

「時々、古川がここへ来るだろう」

「いつもです」

「まあ、いい。古川は、富永という元やくざに張り付いていてね。三年三カ月前、私が富永を逮捕《あげ》た。五十嵐という、名の通ったやくざを刺してね。五十嵐には三人のボディガードがついてた。それをひとりで相手にしたのさ。富永も、ズタズタだったよ」

「いつ出所したんですか？」

「三カ月前。弁護士が優秀だったということもある。富永が出所《で》るひと月前に、男がひとり惨殺された。富永の弟でね。犯人《ホシ》はすぐ逮捕《あが》ったが、身代りだろう。殺したのは、池袋に縄張《シマ》を持つ沖山という男のはずだ。そして昨夜、その沖山が殺された」

「古川さんは、出所した富永が、弟の復讐《ふくしゅう》をすると考えて、張り付いてたんですね」

「三年前からの状況を考えれば、富永が沖山を殺《や》っても当然だった」

「でも、古川さんが富永に張り付いている間に、沖山が殺された。それでわかりましたわ、なぜ古川さんが落ちこんでいたか」

「どうも、これだけで終りそうもないような気が、私にはするんだがね」

「基本的には、四課が扱うものですわ」

「富永を逮捕《あげ》たのは、私だったんでね。そのころの資料を読んでも、ちょっと近すぎるというところがあるのかもしれん。暇な時、君も読んでてくれないか」

「ひと晩くらい、持ち帰ってもよろしいでしょうか」

「今夜でも、構わんよ」

　高樹はもう、別のことを考えはじめていた。

　新しくきた捜査一課長。前任者から、高樹の話は聞いていたのだろう。試すために、四年前の事件を押しつけてきた感じがある。少し鮮やかにやりすぎた。そう思った。もっと難しい事件を押しつけられる可能性がある。

　気づくと、鼻唄をやっていた。この癖には、松井はすぐに馴れたようだ。

「出かけてくる」

　腰をあげて、高樹は言った。ネクタイは曲がっていない。それを確かめるのも、癖と言ってよかった。

「どちらへ？」

「高裁だ。ちょっと気になる法廷があるんでね」

　通用口から、濠端《ほりばた》の通りに出た。時計を見る。まだ時間は早すぎた。それに、谷弁護士が担当している、というだけで関心を持っている事件だ。二年前の、一家三人惨殺事件だった。谷がなぜ弁護を引き受ける気になったのか、資料を読んだかぎりではわからなかった。

街には、秋の気配が濃くなっていた。

濠端を、しばらく歩いた。鼻唄をやっていた。気づいても、それをやめようとは思わなかった。かすかな風。とても、ロンソンに着火することはできないだろう。芯を替えていないせいか、このところ小豆のような炎しか燃えあがらない。

火のついていないゴロワーズをくわえ、人の多い方へ高樹は足をむけた。

4

一時間ほど飲んでいると、富永が姿を現わした。

黙って、富永は高樹のそばに腰を降ろした。

「水割り」

註文《ちゆうもん》した声は、低く湿りを帯びていて、別人のもののように聞えた。水割りが置かれる前に、富永は煙草に火をつけた。

「おまえの身内だったという、あの男はいい」

高樹も煙草をくわえ、ロンソンを三度ばかり鳴らした。

「堀と言います」

「元行と、もうひとりの坊やは、どういうことなんだ?」

「沖山のとこの若い者《もん》に、散々苛《いじ》められてましてね。放っておくと、どこかでひとりぐらい殺《や》りかねなかったですよ。殺れば、ただで済むはずはないし」

「それで、ゲリラ戦にスカウトしたか」

「ゲリラ戦？」

「おまえが、沖山に挑んだのは、それだろう。沖山の方だって、目障りではあっただろうな。何人かで、おまえらを追っていたそうじゃないか」

「結構、しつこい連中でしたよ。元行なんか、何度か捕まりそうになりましてね」

「踏み止まるクチだな、あの坊主は」

「臆病なところを持ってた方が、若い者《もん》は扱いやすいですよ」

会話は、それで途切れた。高樹は、三杯目の水割りを頼んだ。

奥の席に客がひとりいて、女の耳もとで盛んに囁《ささや》きかけている。音楽は、不釣合いなピアノ曲が流れていた。富永の指が、カウンターの上で小刻みに動いている。それは、ピアノのリズムと合ってはいなかった。

女が席を立ってきて、バーテンとちょっと言葉を交わした。しつこいとでも言っているのだろう。それから女は、富永の隣りのスツールに腰を降ろした。スツールは八人分あり、十四、五人の客が入れるというところか。

「ねえ、富ちゃん。おたくの若い子たち、また連れてきてよ」

「そうだな」

「元行って子、ああいう子の眼って、あたし好きだな」

「あいつ、歳上の女は嫌いらしいぜ」

「どうしてわかるのよ。大して付き合ったことがあるとは、思えないわよ」

高樹は、ボックス席にひとり残された客の方へ、眼をやっていた。四十五から五十の間ぐらいの年恰好だろう。額が禿《は》げているが、それが精力的な印象は与えず、かえって男を貧相にしていた。男は落ち着きなく上体を動かし、空《から》のグラスを二度口に運んだ。新しい酒を頼んでいいのかどうか、迷っているようだ。バーテンは、男を無視している。

高樹は、三杯目の水割りを飲み干した。音楽が変っていた。酒を飲む時、音楽にあまり関心を払ったことはなかった。詳しくもない。家で一雄がボリュームをあげて音楽をかけていると、いつも怒声を飛ばすだけだ。

「四杯目、どうします？」

中年のバーテンは、どうやら女といい仲のようだ。ボックス席の男への態度を見ていると、それがよくわかる。

「オン・ザ・ロックを貰おうか。スコッチがいい」

バーテンは、ホワイトホースの瓶を摑んだ。酒棚に、それほど種類は置いてない。

客が二人入ってきた。ほっとしたように女は腰をあげ、笑い声をたてた。

「古川の旦那、どうしてます？」

「頭に血が昇り、次には落ちこんだ。そんなところだろう」

「別に、利用しようって気はなかったんですが」

富永が、口もとでにやりと笑った。古川より役者が一枚上だった。それだけのことだ。

高樹は、ロックグラスを持ちあげると、中の氷をカチカチと鳴らした。

「俺に会うために、ここで飲んでたんでしょう、旦那？」

「わかりきったことを言うなよ」

「用事を、なかなか切り出していただけないもんで」

「会うだけでよかったんだ」

「旦那の会うだけというのは、曲者《くせもの》だからな。三年前だって、四課の旦那方だけが相手だったら、俺はなんとか切り抜けられたと思ってます」

「一課と四課では、発想が違う。暴れるだけ暴れさせて、組織ごと刈り取ろうというのが、四課のやり方さ」

「だから、切り抜けやすいと、俺は思うんですがね」

「最後は、組織の抗争という恰好だったな」

「はじめから、そうですよ」

二十人に満たない組織が、三百人の組織に呑《の》みこまれそうになった。富永は、それを拒絶した。組織の抗争と呼べるものではなかったのだ。事実、富永はひとりで闘い、相手の組織の頂点にいた人間を倒した。

「沖山が死んで、あそこの組織も終りだろうな。継げる人間はいない。よその組織の草刈り場だ」

「そんなもんでしょう、やくざってのは」

「沖山は、前の組長とおまえの争いを、抗争とはみなさなかった。個人的な恨みで、殺し合った。そう言っても通るほど、おまえのところは小さかった。もっとも、気にはなっていたらしくて、おまえが出所《で》るひと月前に、弟を殺させたがね」

「弟も、組織をどうこうしようなんて気はなかったんですよ。俺が出所《で》るのに備えて、商売をはじめようとしていただけみたいです」

「沖山に、それはわからんさ」

「そうですね」

「古川が、おまえが沖山を狙うだろうと考えたのも、無理はないな」

高樹は煙草をくわえた。ゴロワーズは両切りだが、叩いて葉をつめることをあまりしなくなった。ロンソンを鳴らす。四度、五度と試しても、着火しなかった。

「沖山も、そう考えただろう。しかし、おまえがやりはじめたのは、嫌がらせとしか思えないトルエン密売だった。大したた金にもならんのにな」

「なにをおっしゃりたいんです、旦那？」

「なにも。ただ、喋ることで頭の中を整理してるのさ。四課じゃ、沖山殺しを、抗争とは見ていないようだ。そんな火種はなかったんでね」

　ようやく、ロンソンが着火した。

「おまえが、池袋で目立つ真似をしていた意味を、私はずっと考え続けていた」

「嫌がらせですよ」

「嫌がらせを喜ぶ男かどうか、見ればわかるさ。別の目的があったはずだ。おまえが池袋にいれば、沖山は安心できただろう。ほかに火種らしい火種はないことだろうしな。運転が好きな沖山が、ひとりでフェラーリを駆って愛人のところへ行ったのも、納得はできることだ」

「沖山に油断させるために、俺は池袋をうろついてたってわけですか？」

「そう、命がけでな」

　低い声で、富永が笑った。高樹は、オン・ザ・ロックのお代りをした。

「好きなように、調べてください」

「言われなくても、古川がやるさ。四課の連中を刺激するだろうが」

　奥の席の客が、腰をあげた。ほんのお義理だというように、女が立って挨拶した。高樹と眼が合った時、その客はちょっとさびしげにほほえんだ。

「行くか、われわれも」

「どこへです？」

「池袋さ」

「まさか。冗談はよしてください」

「本気だよ」

富永が下をむいた。考える表情をしている。高樹は煙草をもみ消した。

「勘弁してください」

「怕いわけじゃないだろう」

「旦那のおもちゃにされたくないんですよ」

「おもちゃか」

「吹けば飛ぶような命なんでしょうが、おもちゃにしていいってもんでもないでしょう。前科《まえ》持ちがなにを言うか、と思われるかもしれませんが」

「なにがなんでも、付き合えと言ったら？」

「仕方ないですね」

「付き合うか？」

「旦那と、やり合いますよ。そうしたくはないんですが、とことんやり合います。それでパクられるってんなら、それも仕方ないですね」

高樹が笑うと、富永もかすかに笑った。

「おまえが、人に殺しをやらせるような男だとは、私にはどうしても思えん。鉄砲玉さえ送らず、自分で行く男だからな。だから、やくざにもなりきれん」

富永は、なにも言わなかった。高樹は、またゴロワーズをくわえた。三度で、ロンソンは着火した。まったく気紛れなライターだ。

「しかし、おまえは、人に殺しをやらせたんだよな。そこのとこなんだ、私がひっかかるのは。ほとんど命がけで、なぜ人に殺しをやらせたのか」

「俺は、出所《で》たてのチンピラですよ。これからも、一家を張ろうなんて思っちゃいませんし」

「元行みたいなのを、抱えてるじゃないか」

「あいつらには、なにか仕込みます。世間に出ても恥しくないようにね」

「わからんな」

「無理に、わかろうとしないでください」

「私の悪い癖でね。わからんから、そこに首を突っこんでいく。そして、やらなくてもいいことを、やってしまう」

「旦那が、本気で相手にするような玉ですか、俺は？」

「なかなかなもんさ。そのなかなかな男が、なんで人に殺しをやらせたのか」

最後は呟きだった。

気づくと、鼻唄をやっていた。

「思い出しますよ。三年前、旦那に追われながら、追ってくるのはその唄だって気分に襲われたもんです。眠ろうとすると、そいつが聞えてきたりしましてね」

「十三歳の時に、この唄を覚えたよ」

「ずいぶん、昔ですね」

「そう、昔だ。忘れてもいいはずの、昔だな」

「でも、忘れてない」

「忘れちゃならないことの意味を、おまえはよく知っているだろう」

グラスにわずかに残っていたウイスキーを、高樹は呷《あお》った。お代りは註文しなかった。

富永が、ホワイトホースのストレートを頼んだ。ショットグラスになみなみと注《つ》がれたそれを、鮮やかな手つきで口に放りこんだ。

「行かなくてもいいですね、池袋にゃ」

「いいよ」

「こんな飲み方をしたい、と刑務所《なか》でよく思ったもんです。実際にやってみると、どうってことはありませんが」

空のグラスを、富永は音をたててカウンターに置いた。

高樹は、自分の分だけの勘定を払って、腰をあげた。律義に、富永は立ちあがって高樹を見送った。

駅は、すぐそばだった。

池袋へ出て、西武線に乗り換えれば、桜台の家まで十五分もあれば帰りつける。

電車に乗ると、高樹はドアのガラスに映った自分の姿を見つめた。きちんとしたスーツ。ネクタイ。乱れのない髪。そういうものの中に、自分を閉じ籠めてきた。あまりにも長く閉じ籠めてきたので、いつの間にか当たり前のことになっている。

当たり前のことにしてはならないのだ。

池袋で降りると、出口から街の方へ歩いていった。人が多い。それだけではなく、かすかに混乱の予兆も孕《はら》んでいるような気がする。酒場が並んだ通り。前から歩いてきた、七、八人の男たちが、足を止めた。

「あんた」

ひとりが言った。みんな二十代だろう。

「見たことある顔だな」

「沖山の身内か？」

「よその人か。ここに食いこもうって、偵察に来たってわけかい？」

「やくざ者に見えたらしいな、私が」

「いま、この街は大変でよ。でかい顔《つら》で歩いて貰っちゃ困るんだよな」

「人に突っかからないと、やりきれないような気分らしいな。威勢がいいのは、それぐらいにしておけ、若いの」

「言ってくれるじゃねえか」

のびてきた男の手を、高樹はひねりあげた。呻《うめ》き。ほかの連中が色めき立った。

「やめろっ」

中年の男が飛び出してきた。高樹を取り囲んだ連中の二、三人に平手打ちを食らわせると、高樹にむかって深々と頭を下げた。

「一課の旦那に、御無礼なことをいたしまして」

「私が、よそのやくざに見えたらしくてね。殺気立ってるようだな、みんな」

一課と聞いて、若い連中は神妙な態度になった。

「親分《おやじ》が死にましたんでね。どうしていいかわからねえんですよ、みんな」

「それで、ちょっと人相の悪い通行人には、相手構わず絡むってわけか。まあ、注意しろ。歩いている刑事《でか》は、私だけじゃない」

「お詫《わ》びしろ、おまえら。一課の警視さんだぞ」

全員が揃って頭を下げた。

高樹は歩きはじめていた。鼻唄。笑いながらやっていた。やくざ者に間違えられる。

刑事になって、はじめてのことだった。それが不思議だとも思っていない自分が、おかしかった。

小さな店に入った。

中年の女がひとり、カウンターの中から気のない挨拶をした。カウンターだけの、安直な店だ。壁に、消えてしまったかつてのスターのブロマイドなどが貼ってある。

「やくざ者に見えるかな」

「なにが？」

「私がさ」

「そうね。いまのやくざは、身なりだけじゃわからないし。眼が鋭いところなんか、そんな感じもするわね」

「まあ、いい。水割りでも貰おうか」

「お客さん、そっち方面の人？」

不意に心配になったのか、女が真顔で訊いてきた。

「だったら、どうするんだね？」

「こんな店、大してお金にゃならないわ」

「金か、やくざは」

「あたしの躰って言われてもね。ほかに欲しいものって、お金ぐらいのもんでしょう」

「水割り、早くくれないか」

古い流行歌がかかっていた。こんな店も、まだ残っているのか。こんな店だけを好む客というのも、いるのかもしれない。

水割りが出された。

やくざではないと見きわめをつけたのか、女は緊張を解き、煙草をくわえた。女の吐いた煙が、消えてしまったスターのブロマイドの方へ流れていった。

「その俳優、私は知ってるよ」

「お客さんぐらいの歳になるとね。若い客はこんな婆さんじゃこないし、昔の雰囲気が懐しいって人もいるのよ」

「つまり、凝った仕掛けってわけだね」

「そうね」

女が、歯茎をむき出して笑った。

表の通りには、まだ人が多いようだ。ようやく十時を回ったところだった。

混乱の予兆などとは、単なる思い過しかもしれない。人にはいつもの時間があり、生活がある。それは高樹も同じだった。

水割りを、口に流しこんだ。わけのわからない、疲れに似たものが、全身に襲いかかってきた。

5

イギリスの詩人のものだった。

海外の詩は、翻訳する人間によって、まるで違ってくる。小説などもそうなのだろうが、詩はそれが顕著なのだ。訳者が詩人になっていれば、どういう詩かすぐに見当がつく。

名を聞いたこともない、翻訳者だった。略歴を見ても、詩に関係したことはないようだ。

なぜ、日本語でも読むに耐える詩になっているのか、高樹には不思議だった。ひとつひとつが、まるで違うタッチで訳されてもいる。日本語として、韻を踏んでいるわけでもない。言葉の中に、暗い情念の響きがある。それを読むだけでも、こちらの感性が麻《ま》痺《ひ》してしまいそうなのだ。

非番だった。土日が非番というのは、月に一度しかなく、それもきちっと取れるようになったのは、この二、三年のことだ。

土曜日は、午前中はぼんやりと庭を見て過し、午後は、万里子の買物に付き合った。といっても、万里子が自分のものを買うのではなかった。応接間の家具がいたんでいる。それを買い替えたのだ。十年以上使った家具だった。それから、日本食の食事をした。

家を切り盛りしている万里子は、そういう日常の変化をひどく喜ぶ。一雄が大学を卒業し、高校の教師になってから、生活はかなり楽になった。わずかだが、一雄も家に金を入れている。万里子と、ふた月に一度ぐらい買物に出るのは、高樹の愉《たの》しみにもなりつつあった。

詩集は、きのうの買物の途中で本屋を覗《のぞ》いた時、なに気なく買ったものだ。

階下は、賑《にぎ》やかだった。一雄の教え子が四人、遊びにきていた。ついでに、数学のわからない問題でも訊いたのだろう。先生、解けた、などという大声も聞えた。

一雄が先生と呼ばれているのも、奇妙なものだった。学生のころは、まったくの子供にしか見えなかった。それが、いきなり先生である。このところ、一雄と面とむかうと、ちょっと気後れするような気分にもなる。

書斎のドアがノックされた。

万里子がコーヒーを運んできた。一雄の客に淹《い》れたついでなのだろう。家でコーヒーを出されることはあまりなかった。

「賑やかだな」

「みんな、真面目な生徒さんね。ひとり百円ずつ出し合って、一雄が五百円出して、それでお菓子を買ってきて食べてるわ」

「いい教師になったのかな」

「多分ね」

「今年からは、受験生を持たされてる、というじゃないか」

「外の模擬テストで、みんないい点を取ってくるらしいわ。一雄は若い分、自分の経験に近くていいんですよ」

「そんなものかな」

コーヒーは、いい香りがした。

用事があるでもなく、万里子は書斎の揺り椅子に腰を降ろす。これも、この二、三年の間の習慣だった。

まだ四十五だ。高樹と結婚した時は、十九だった。富山の、おふくろの縁続きの娘で、見合いだった。親父《おやじ》が老いぼれてきたのが、高樹が結婚を決意した一番大きな理由だったと言ってもいい。

親父は、孫の一雄も抱き、晩年は好きなことだけをして、高樹が三十代の半ばにさしかかったころ、死んだ。大して苦しみもない死だった。おふくろは、戦争中に死んでいる。

「親父の血か」

「でしょうね。数学の教師なんて、あなたのどこを取っても、出てきませんもの」

親父は、理科の教師だった。コツコツとなにかの研究もしていたらしく、死ぬ三日前まで顕微鏡を覗いていた。通夜の客たちが、研究の成果についていろいろ言ったので、高樹は戸惑ったものだ。

　親父の研究は、小冊子にまとめられ、しばらくはそれを欲しいという人間から手紙を貰ったりもしたが、高樹は開いて見たことがなかった。

「交際している相手は、いないのかな」

「女の方から、電話はかかってきますわ」

「ほう。学校の生徒じゃないのか」

「そうではないみたい。何人かかかってきますけど、そのうちのひとりは先生ね」

　万里子は、まだ充分に色香を残していた。高樹よりも十歳下だが、高樹は老けて見え、万里子は若く見える。十五歳以上の年齢差と見る人間もいるようだ。女房が若く見られるということが、なんとなく不快ではなかった。若い刑事が用事で家に来た時など、ちょっとびっくりした表情をする。

「どう育つのかと思ったが、結構まともな大人になるもんだ」

「親は、大抵子供にそういう気持を持つものらしいわ」

「それでも、まとも過ぎるほど、まともになった」

「警察官の家庭の子供ですからね」

　一雄は、ひとりっ子だった。二人目の子供は、なぜかできなかった。ひとりだけの息子を甘やかしてはならないと、中学生になると竹刀などを持たせたものだが、剣道は続かなかった。父子の会話が、それほどあったとは思わない。しつけはすべて万里子まかせで、学校などは全部自分で選択し、結果を高樹に報告に来るだけだった。

「私は、反面教師だったかな」

「尊敬してますよ、父親を」

「まさか」

「そりゃ、偉い数学者を尊敬するのとは違うでしょうけど、意義のある仕事を父親がしているとは思ってるでしょう」

「そうかな」

高樹は、ゴロワーズに火をつけた。ゴロワーズなどはどこにでも売っているというものではないから、いつも数カートン買い溜めしてある。

ロンソンのオイルライターを、高樹がなぜ使い続けているのか、万里子には関心はないらしい。

悪い結婚生活ではない。時々、そんなことを考える。親父は、おふくろが死んでからずっとひとりきりだったが、万里子が高樹より早く死ぬとも思えなかった。

こんな生活をしていく資格が自分にあるのか、ということも時々考えた。生活は自分ひとりのものではなく、万里子のものであり、一雄のものでもある。自分の都合だけで、捨てられるものではない、という言い訳をいつも見つけてしまう。

コーヒーを飲み干すと、万里子は待っていたように、コーヒーカップをさげた。若い高校生たちが騒ぐのを見ている方が、愉しいのだろう。

高樹は、詩集の続きを読みはじめた。

海外の詩人に魅かれたことは、あまりない。そもそも、現代詩というやつが、あまり好きになれないのだ。それでも、現代詩も海外のものも関係がない、と思うことが時々ある。

ブレイクやT・S・エリオットの詩など、よく読んだ。詩人の名前についても、よく知っている方だろう。それでも、いくら記憶を探っても、ひっかかってくるものはない。

詩人についての解説すら、ついていないのだった。

一度、全部読み、それから前半の半分ほどを精読した。ふと、イギリス人の名で日本人が書いたのではないか、という気がした。しかし、翻訳者名を、明記してある。

二人が、ひとり。そんなことを考えているうちに、富永の顔と低い湿りを帯びた声が浮かんできた。

沖山を殺したのは、富永ではない。しかし富永という言い方もできる。二人が、ひとり。翻訳者を装った作者。そういうことが、あり得るだろうか。

富永には、動かし難いアリバイがある。考える余地もなく、実行者は富永ではない。

富永に重ね合わせられる、もうひとり。いないのか。資料をいくら読んでも、そういう存在を見つけ出すことはできなかった。

デスクから、揺り椅子に移った。

階下の賑やかさは、相変らずだ。そういう声に満ちているだけで、家庭というものの穏やかさが、肌で理解できる。

高樹は小さなサイドボードからブランデーグラスを出し、マーテルのコルドン・ブルーを少しだけ注いだ。ヨーロッパ駐在から戻った知人が、土産にくれたものだ。

コニャックの香りが、部屋に満ちてくる。

詩集を開いたまま、眼を閉じ、その香りの中に入りこんだ。小さな幸福。それがどんなに小さくても、幸福という言葉に、自分は無縁であるべきではなかったのか。否定しても、現に高樹は幸福な時間の中にいた。

いつの間にか、眠っていた。デスクワークのせいか、本庁の小さな部屋でも、時々居眠りをすることがある。仕事中に居眠りをする老人になることを、決して許さない人間が何人いるだろうか、と高樹は思った。すでに、夕方になっている。

階下は静かだった。

高樹は、広げたままだった詩集に、また眼を落とした。

なぜ、これほど自分に絡みつく情念が発散されてくるのか。読んでいるうちに、突然気づいた。死の匂い。間違いなく、それが詩の底流にある。死などという言葉はひとつも使わず、詩全体で死の持つなにかをあぶり出している。

階段を昇ってくる音がした。

「本庁の古川さんという方が、お見えになってるんですけど」

非番の日に訪問をしてくる若い刑事は、ほとんどいなかった。まして、古川とは共同の捜査をやっているわけではない。

追い返せ。出そうになった言葉を途中で呑みこみ、高樹は腰をあげた。

「一雄の客たちは、もう帰ったのか?」

「一時間ばかり前に。みんなでどこかに行くらしくて、一雄も出かけましたわ。夕食までには戻ると言ってましたが」

頷き、高樹は玄関へ降りていった。

「申し訳ありません、警視」

「捜査中じゃないのか?」

「手につかないんです、正直に言いますと。もっとも、いま所轄署の捜査会議を終えたところですけど。なんとか、うまく運びそうではあるんです」

「まあ、あがれ」

応接間に通した。家具が、まだ古いままだ。新しいものを註文したのは、きのうだった。

「沖山のとこは、内紛含みですね。幹部が、それぞれ別の組織の大物を頼って。代理戦争になる可能性も秘めてるんじゃないでしょうか」

「それを、おまえがなぜ気にする。それこそ、四課の仕事になってきたじゃないか」

「俺が気にしてるのは、富永のことだけですよ」

「アリバイを崩せ。それができなければ、富永のことは忘れろ」

「三年前、警視が逮捕した富永が、俺は忘れられないんですよ。男だった。どこから見てもね。俺は圧倒されましたよ。あんなに、俺を圧倒した人間は、ほかにいません」

「男であり続けようとすると、大抵は死ぬ。富永は死ななかった運のいい例外だ」

「そして刑務所《なか》で牙を抜かれた。そんなことはあり得ませんね。第一、刑務所《なか》はそんなとこじゃない」

「もう、いい。わかった」

「俺がうるさいですか、警視」

「警視はやめておけ」

「実績を考えれば、警視正であっても、まったくおかしくありません」

「出世はもういい、といつのころからか思いはじめた。すると警視に引きあげられた。ちょっと鼻白んだ気分だったね。嬉《うれ》しさも半分あったが」

コーヒーを運んできた万里子に、古川は深々と頭を下げた。高樹は煙草をくわえ、しつこくライターを鳴らした。

「富永が殺した、と俺は思うんですよ、やっぱり。アリバイがあろうと、それを証明するのが、俺自身であろうと。沖山の縄張《シマ》に入りこんでいた時の富永は、絶対に沖山を殺そうとしていた。そういう眼をしていました」

「じゃ、どう説明する？」

「説明はできません。池袋をひっかき回して、その間に誰かに殺《や》らせた。そういう推測は成り立ちます。しかし、富永は自分でやるタイプですよ。この推測が間違いないとすれば、富永は肝心の殺しを、別の人間に任せたってことですからね。俺が知ってる富永じゃなくなっちまう」

「実際にはなにもやっていない人間を、なんとか殺人犯にしようっていう会話だな、ここで交わされているのは」

「そうですね」

「後ろめたくないか？」

「俺は、自分が極端に視野が狭い人間じゃないか、と思いはじめてます」

自分もそうだった、と高樹は思った。若いころは、ひとつのものだけを見つめようとしたものだ。それがいつか、ひとつのものを見ながら、全体を見渡して、それとの関係を考えることができるようになった。

あれが犯人《ホシ》。思い定めたら、状況がどうであろうと、突っこめるところまで突っこんでみる傾向が、いまも高樹にはある。

自分の若いころとよく似た刑事が、眼の前にいる。それは高樹にとって、疎しいことでしかなかった。いずれ傷つき、突っ走ったことを後悔し、ただ意地だけが悪い刑事になっていく。そんなものだ。

「富永に、揺さぶりをかけちゃいけませんか?」

「どうやって?」

「宮部元行という少年がいます。事件当夜も、富永と一緒に池袋にいたはずですが、俺は存在を確認していません。つまり、宮部にはアリバイがない。連中は二人で組んで、池袋を攪乱《かくらん》してました。富永と組んでいたのはもうひとりの少年で、宮部は堀という中年男と組んでいました。堀の存在は確認したんで、宮部もいると信じきったわけです。盲点だろうと思うんですが。宮部なら、トルエン密売容疑で引っ張れます」

「本気で、そう考えてるのか、古川?」

「ほかに、方法がありません」

「私は、汚い手というやつを、ずいぶん使ってきたよ。私が扱った事件の資料を読んだおまえなら、ある程度見当がついてるだろう。犯人《ホシ》を逮捕《あげ》るため、などという理由をつける気はない。汚い手が、一番効果的だったから使ったまでだ」

「ですから、警視なら」

「待てよ、古川。私はそういう手を使う時、誰にも言わなかった。自分ひとりで負うものだ、という覚悟だけは持ってたよ」

　古川がうつむいた。

　高樹は、ゴロワーズのくすんだブルーのパッケージを、掌の中で弄んだ。

　来客らしく、玄関で万里子が話しているのが聞えてきた。近所の人が、一雄に家庭教師を依頼に来たらしい。週に一度、夜七時から、などという言葉が聞える。学生のころから、一雄は家庭教師をよくやっていた。

「要するに、全部俺の責任でやれ、ということですね」

　高樹は黙ったまま、掌の中のパッケージを弄び続けた。

「富永を、一方的に警察権力で苛める。そうなりそうなんですよ」

「苛められりゃ、富永も牙を剝《む》く。そこを逮捕《あげ》るんだな。どんな手を使ってもいい。とにかく富永に付きまとって、仕事もなにもできないようにしてしまえ。富永がなんと訴えようと、前科《まえ》持ちの元やくざと刑事じゃ、刑事の言い分が通る」

「そんな」

「そこまで、やる覚悟がないんなら、はじめからなにもしないことだ。おまえがやろうとしているのは、自分が傷つかない権力の使い方だよ。なんの権力も持っていない富永の方が、はるかに男らしいね」

「言われてる意味、なんとなくわかります」

「だから、もうよせ。元行という少年にだって、人生があるんだ。おまえが勝手に捻《ね》じ曲げようというなら、おまえの人生も曲げてからにするべきなんだよ」

「そうですね」

それ以上、高樹はなにも言いたくなかった。言う気もない。掌の中で弄んでいたパッケージから、煙草を一本抜き出した。ロンソンを七、八回鳴らして火をつける。

玄関での立話は、まだ続いているようだ。受験の話になると、親は熱心なようだ。高樹は、一雄がどういう進路を選ぶのか、ほとんど関心を持ってはこなかった。気づいた時、高校の数学教師になっていた、という感じなのだ。進路こそ、自分で選ぶものではないか、という気がある。

「やめます、もう。警視の言われた通りです。どうも、俺はガキっぽさを捨てることができないみたいです」

「いま入ってる本部で、精一杯力を出すんだな」

古川が、大きな躰を竦《すく》めるようにして、一度頭を下げた。

高樹は、庭の木に眼をやった。万里子に、払ってくれと言われていた桜の枝が、きれいになっている。一雄がやったのか。玄関の立話がようやく終ったらしく、しばらくして万里子がリンゴを剝いて運んできた。

古川が帰ると、高樹はまた書斎に籠って詩集を読んだ。一冊読むのに、大した時間はかからない。三度目にかかった。詩全体にある、暗く重い死の影が、ようやくはっきりと摑みとれてきた。

死は、暗く、重いだけだった。もっと別なものでもあるはずだ。やりきれないような重さは、詩人の死生観なのか。それとも翻訳者のものなのか。

インターフォンで呼ばれた。

夕食の仕度が整ったようだ。外はもう、すっかり暗くなっている。富永のことが、また頭に浮かんだ。忘れよう、と思った。忘れるべきだ。ちょっとした好奇心が、何人の男を滅ぼしていったのか。

立ちあがり、スタンドの明りを消した。天井の照明だけになった部屋は、どこか寒々としていた。

第二章

1

十一月になった。

秋の足が早くなっている。窓から外を見るたびに、高樹はそう思った。よく見ると、都心の街にも秋の色はあるものだった。人の服でさえ、色は秋のものになっている。

沖山の事件は、所轄署に捜査本部が置かれ、本庁からは一課の二人が出ていた。抗争なら四課が扱うべきだが、殺人という方に重きが置かれたのだろう。一課長と四課長の話合いがあったのかもしれない。

高樹は、継続捜査を三つ抱えることになった。ひとつは、九カ月も前から抱えている殺人事件だ。残りの二つは、きのう課長から押しつけられた。二つとも、三年以上も前の強盗殺人だった。目黒で、鮮やかに犯人《ホシ》を逮捕《あげ》すぎた。現場で使えるものなら使おうという気に、課長はなったようだ。

また、デスクは資料の山になっていた。

三年前の事件は、資料でもすでに色褪《いろあ》せていた。両方とも、初動のミスが大きい。高樹の仕事は、丹念に資料を読むことだった。根気よく続けていると、どこかに糸口になりそうだと思えるものが見つかる。三年経ったからそうである場合もあるし、はじめから見落とされてしまっている場合もある。いずれにしても、カンが物を言う。

ひっかかるものを見つけたら、あとは情報網を使うだけだ。情報網は、本庁の中でも最も多いと言っていいだろう。ただ、無償で情報を流してくるほど、甘い人間はいない。金を払えるだけの予算もない。一番効果的なのは、弱味を摑んでおくことだ。逮捕《あげ》れば、三、四カ月の懲役を食いかねない程度の弱味。正確な情報を一度送ってくれれば、きれいに忘れてやる。それさえきちっと守れば、案外に情報は集まってくる。

「警視、富永利男の事件の資料についてなんですが」

コーヒーを運んできて、松井が言った。

「あとにしろ。富永のことは、正式な仕事じゃない。課長に、迷宮《おみや》を二件も押しつけられたばかりだぞ」

「課長は、解決できれば儲けものという考えで、これからは手に余るほどの継続捜査を押しつけてくると思いますわ」

「だから？」

「正式な仕事じゃないと言っていれば、いつまでも手がつけられないと思います」

高樹はコーヒーに手をのばした。

松井は、高樹のデスクの前に立ったままだ。言いたいことは、全部言おうと決めているようだった。古川などと較べると、意外に腰は強いのかもしれない。女というのはそういうものだ、という気もどこかにある。

「話してみろ」

松井の顔が綻んだ。白い健康的な歯に、高樹は一瞬見とれた。

「三年前の事件は、それほど複雑とも思えませんでした。大きな組織が、豆粒のような組織を理不尽に踏みにじろうとした。そういう発端です。富永利男は、あらゆる妥協の道を探り、どれを選んでも結局人間扱いされないとわかって、刺し違えのような方法を選んだんだと思いますわ」

高樹は、折り畳み椅子を指して、松井に腰かけさせた。煙草に火をつける。ロンソンを何度か鳴らす間、松井は黙って待っていた。

「富永の行為自体、女のあたしには馬鹿げたものとしか思えませんでしたが、男の好きな意地というものはあったんでしょうね」

「意地ね」

「女は、命をかけて意地なんか張りませんわ」

「私が、なぜ富永をマークし続けたんだと思う？」

「それは、警視が富永利男を好きだったからじゃないか、と思ってます」

ちょっと意表を衝《つ》かれた。高樹がマークしはじめた時、富永はまだ、なにもやってはいなかった。それでも、なにかやる、と確信していた。それが人を殺すことか、もっと別のことかは、どうでもいいことだった。なにをやるか見てやろう、という気持の方が強かったような気がする。

組織の抗争に、一課が介入するのは筋違いだった。本来なら担当すべき四課は、富永にはなにひとつとしてできるわけがない、と決めてかかっていた。富永に張り付いたのも、高樹の独断専行だった。事が起きたあと、四課は大騒ぎをはじめたが、富永は殺人犯として一課の手の中にあった。

自分が富永を追いこんでいったのかもしれない、と高樹はしばらくの間考えた。追いこもうがどうしようが、富永は同じことをやっただろう、と思えたのは裁判も終ったころだ。

あの事件、いや事件が起きる予兆しかなかった時から、なぜ富永を気にして付きまとったのか。似ていたのだ。高樹自身が、長い刑事生活で荒野へ追い立てたり、死なせたりした、何頭ものけものたちと、よく似ていた。

それが、好きということになるのか。そういうかたちで、考えてみたことはなかった。

どうしてもけものの匂いを嗅ぎ分けてしまう、因果な性分だと、自分に思いこませ続けてきただけだ。

「資料にはまったく書かれていない、心理的なやり取りが、警視と富永利男の間にはあったのだろうと、読みながらあたしは想像しましたわ。もっと露骨に言うと、富永がどこまでできるか、警視は試したんじゃないか、とさえ思いました。突っ走るところまで突っ走らせ、死ぬ直前に介入して、逮捕したと想像できなくもありません」

　言い過ぎだとでも感じたのか、松井は口を噤み、ちょっと頭を下げて謝るような仕草をした。

「供述調書、裁判記録、そういうものを読むと、古川さんが富永に魅かれているというのも頷けます。これ以上言うと、女に男は理解できないと言うしかないので、やめておきますわ。あたしが気になったのは、富永典男の事件の方です」

「弟の方は、やくざ者ではなかった」

「それでも、殺されたんですね、やくざ者みたいに」

「ひと月後には、兄の方が出《で》所てくる。沖山としては、気になったんだろうさ。つまり、弟の方が、三年前にあったような組織を再生させて、兄を待つ。そういうことに思えたんだろうからな。弟を殺《け》しておけば、組織は分解したままだ」

「でも、弟が集めたのは、三年前の組織の人間じゃありませんでした」

「やくざというのは、疑心暗鬼の生き物だと言ってもいい。沖山も例外じゃないさ」

「そういう疑心暗鬼なら、もっと早く抱いていてもよかったんじゃないですか。兄の出所のひと月前というのは、いかにも遅すぎるとあたしには思えました」

「ほう。それで」

「弟の殺害は、兄の出所に関連して考えられているわけですが、そうでない可能性もあったんじゃないでしょうか」

「つまり弟は、兄とは関係なく、沖山と対立せざるを得ない立場にいた、ということだな」

発想として、飛躍しすぎている感じがある。しかし、高樹がそこまで考えなかったのも事実だ。富永利男の存在感が強かったから、という気がしないでもない。

「富永典男の殺害に関しては、沖山の身内から犯人が自首していて、終ってしまっていますが、あたしは独自に調べ直そうと思ってるんです」

「許可は出ないな。四課あたりからクレームがつく。私も、頷くわけにはいかんよ」

「許可を求めてるわけじゃありませんわ。警視に、知っておいていただきたいだけです。警視のデスクの中には、あたしの辞表も入っていることですし」

責任は自分で取る、ということなのだろう。古川が、これほどの肚の据え方をしたら、と思わないではなかった。高樹は冷めかかったコーヒーを飲み干した。

「なんのために、富永典男の件を洗い直す。どういう意味がある？」

「沖山殺害事件の、新しい展望が開けそうな気がします」

「なるほどね」

「仕事に影響させるようなことは、意地でもいたしませんわ」

「ほう、君にも意地か」

「男の意地ほど、徹底してはいませんけど」

肩を竦めてみせるしかなかった。女も、こうなると厄介なものだ。

沖山殺しについては、忘れようと決めたばかりだった。いや、富永利男について、忘れようと決めたのだ。沖山殺しについては、正式の捜査が進行していくだろう。

完全に忘れてしまう、というわけにはいかなくなった。つまりは、なにかしらの因縁で繋《つな》がっているということなのか。

「ひとりで手に余るようなことがあったら」

「展開が見えるまで、ひとりでやってみます。警視のお力を借りるのは、自分でなにかを見つけてから、ということにします」

力を貸そう、と言おうとしたのではなかった。古川でも誘いこんでみろ、と言おうとしたのだ。松井の視界の中に、古川の存在はあまりないらしい。

高樹は、資料に眼を落とした。

三年前の資料。どこかむなしい気もしてくる。解決された事件ではないから、いろいろな人間の、誤解や思いこみの山と言ってもいい。その中から拾い出す真実というものに、どれほどの意味があるのか。

松井は、自分の席についていた。

資料の文字を追う高樹の眼は、いつの間にか止まっていた。『老犬トレー』。癖が出ていた。松井の話を頭の中で組立て直し、ひとつの筋道をつける作業を、無意識にはじめてしまっている。

富永典男殺しについては、犯人の自首があったので、本格捜査は行われていない。裏付けをいくつか取る、ということで終ったはずだ。やくざ同士の抗争という扱いだったのは、沖山の身内から自首する人間が出たからだ。別の角度から考えると、沖山が犯人を自首させることによって、富永典男殺しを、やくざの抗争にしてしまったとも言える。

夕方まで、高樹はそれを考え続けていた。

本庁を出たのは、六時過ぎだった。

地下鉄で新宿へ出て、屋台のおでん屋に入った。くわえていた煙草を、親父は慌てて揉《も》み消した。覚醒剤の、末端の売人である。いくつか証拠を握っていて、握られていることを親父も知っていた。

三年前の強盗殺人について、ちょっとした質問をした。犯人は特定されていて、この親父の昔の仲間だった男だ。

「どこに現われるのか、知りたくてな」

「昔は、友達《ダチ》でしたがね」

「どこに現われるか、場所と時間を、誰か連絡くれんものかね」

沈黙が、しばらく流れた。親父は腰を降ろしたままだ。たちのぼる湯気で、親父の顔はぼんやりと見えた。

「ビールをくれ。それから、大根と卵」

親父が腰をあげた。大根と卵の載った皿が差し出された。

「私も歳でね、もの忘れが激しくなった」

「そうですか」

「きれいに、忘れちまうんだな。自分でも、ちょっとびっくりする」

「そんなに、お歳じゃねえでしょう」

「スイッチみたいなものがあるのさ。それを切ると、忘れようと思ったものが忘れられる。この歳にならなきゃ、できん芸当だよ」

「なるほどね」

高樹はビールで口に湿りをくれ、大根と卵に箸をつけた。じっと立ったまま、親父は高樹を見ていた。

「タコと、それから大根をもうひとつだ」

親父の箸が動く。承知したようだ、と高樹は思った。この親父は、高樹に握られているる証拠を消すために、友だちを売ってもいいという気になっている。ただし、その友だちの出没する場所がわかればだ。

「強盗殺人なんてもんは、所詮逃げきれんよ。いつ逮捕《あげ》られるか、時間の問題だ。いずれ誰かが逮捕《あげ》る。私ひとりでそれをやって、点数を稼いでおきたいという気持があるんだ。そうでないと、つまらんことで小さな点数を沢山稼いで、辻褄《つじつま》を合わせなきゃならなくなる」

遠まわしの恫喝《どうかつ》だった。

タコと大根を平らげ、ビールを一本飲んでしまうと、高樹は腰をあげた。金と一緒に、本庁の直通番号を書いた紙片も渡した。

宵の口の新宿は、人が多かった。

ジャズを聴かせる店。昼間はコーヒーだけで、夜は酒も出す。小さなステージがあり、週に一度、ライブをやっている。ほとんどが、これからミュージシャンになっていこうという、卵のような連中ばかりだ。

この店は、おでん屋とはまるで違うルートの覚醒剤の、繋ぎをやっていた。高樹とそれほど変らない年齢の男が主人だ。

「コーヒーを」

カウンターに腰を降ろして言った。

若いバーテンは、ちょっと緊張した面持でおしぼりを出し、それからコーヒーを出した。用事でも思い出したような仕草で、奥へ入っていく。すぐに出てきた。

五分ほど経った時、高樹の隣りに主人が腰を降ろした。

おでん屋の親父に言ったのと同じ科白《せりふ》を、高樹はくり返した。

「つまらん仕事をするようになったもんですね、高樹さん」

野中という主人は、高樹の顔を見て、皮肉っぽく笑った。

「俺は、もっとつまらん人生を送ってますよ。実際、いつ逮捕《パク》られても仕方がないって人生をね。高樹さんは、もうちょっと違うあり方でいるべきなんじゃないですか」

「変ったと、自分では思っていないんだがね」

「変りましたよ、大いにね。警視、ですか。偉くもなった。現場で叩きあげて、警部になれたのさえ幸運だったと言われてた人がね。出世ってのの、そんなに大事なもんですか」

「出世だけを望んでいるなら、もっと別のやり方で、早いとこ出世しちまってるさ。それがいまだに、点数稼ぎだよ」

「でも、どこか違っちまったな。俺はいいですよ、いつ逮捕《パク》ってくれても。点数稼ぎの犠牲は、三カ月か四カ月ってとこでしょう。いいですよ、そんなもん」

「なるほどね」

「女房はいない。あるのはこの店だけ。ミュージシャンを育てるには、そこそこ金も必要になる。ちょっとばかり汚い金でも、ガキどもには貴重でしてね」

「それを失うんだぜ」

「そういうめぐり合わせって言うしかないです。強盗殺人をやったやつを見つければ、そりゃ知らせましょう。それと、俺がやってることとは別だ」

微妙な言い方だった。どこかで、高樹の申入れを受けている、という感じもある。

つまりは、てらいの多い芸術家というやつなのか。それでも、やっていることは覚醒剤の繋ぎだ。

「わかったよ。身辺の整理をしておけ。明日の午前中、逮捕状を取って執行する」

伝票に書かれた金額をカウンターに置き、高樹は腰をあげた。野中の口もとが、ちょっと強張《こわば》った。

店から出た高樹を、野中が追ってくる。

「いやだな。冗談もわからないんだ、高樹さんは」

「冗談ぐらいわかるさ。おまえの店で、なんとかきっかけを摑もうとしてる若い連中には、ちょっとかわいそうなことになるがね。明日、おまえは逮捕だ」

「やめてくださいよ」

「逃げたければ、逃げていい。三、四カ月が、六カ月、一年になる。それだけのことでね」

「怒ったんですね」

「虫ケラと言われて、私が怒ると思うか。汚いやり方で、ずいぶんと犯人《ホシ》を逮捕《あげ》た私が、小悪党に汚いと言われて怒ると思うか」

「謝りますよ」

「遅いな」

「そりゃないでしょう。いままで見て見ぬふりをしてくれてたのに」

「めぐり合わせってやつさ」

「教えますよ」

高樹は足を止め、舗道の人の流れから避けるように、ガードレールに寄った。

「やつの部屋《ヤサ》を知ってましてね」

「面倒な男だよ、おまえは」

「新大久保なんです。売人をやってましてね。五年頑張り抜けば、大丈夫だと踏んでるみたいですね」

野中が言った住所を、高樹はゴロワーズのパッケージの端に書いた。

「よろしくな、音楽家の卵たちに」

「忘れてくれるんですね」

「明日、それを決めるよ。強盗殺人犯を逮捕《あげ》ることができれば、小悪党を逮捕《あげ》て点数を稼ぐ必要もない」

歩きはじめた。野中は、高樹を買い被った。それで、ちょっと恰好のいい科白を並べてみる気になった。そんなことで、気持がグラつくほど、細かい神経は持っていない。芸術家ではないのだ。

人の波に押されるようにして、高樹は歩き続けた。三年前の事件のひとつは、明日解決するだろう。もうひとつは、たとえ解決できなくても、誰も文句を言えるはずがなかった。つまり、たっぷり時間がかけられる。それを、好きなことに使うこともできる。

鼻唄。人通りが、少しずつ少なくなってきた。このまま歩いていけば、四谷三丁目になる。そこへ行き着く前に、高樹は小さな路地を曲がった。

通行人の姿が、ほとんどなくなった。

2

谷弁護士は、さきに来ていた。

くたびれた背広に、緩んだネクタイ。襟に向日葵《ひまわり》のバッジがなければ、出世競争からとり残された、中年のサラリーマンという感じだ。

「仕事をしてきたんですか、高樹さん？」

「大した仕事をしてきたわけじゃない。しかし、なぜ？」

「そんな顔してますよ」

「若い連中に、親父みたいに慕われてる男の、化けの皮を剝ごうかどうか、迷ったってところかな」

「それで、剝いじまった？」

「やめたよ。まさかあの人が。テレビのレポーター相手に、若い連中がそんな月並みな科白を吐くのを、見たくないしね」

「有名人ですか？」

「ある世界ではね」

「化けの皮ってやつ、被り通せばほんとの顔だ。人間ってのは、そんなものでしょう」

高樹は、カウンターの中の初老のバーテンに、谷と同じものをと註文した。

出てきたのは、バーボンソーダだった。

「法廷で、時々お会いしてますね」

「この間もね。君が、なぜ刑事専門にやるようになったのか、ちょっとばかり関心を持ってる」

「まあ、自分が駄目な人間だと、わかってきたからじゃないのかな」

「駄目とは？」

「金儲けをたくらんだら、金に溺れちまうクチでしてね。普通に生活できる程度の金を稼ぐのが一番いい、と思いはじめたんですよ」

ソーダが、のどの奥を刺激した。

高樹が煙草をくわえ、苦労してロンソンで火をつけている間、谷は笑って見ていた。谷とはじめて会ったのは、七年ほど前だった。警察として手をのばしにくい相手に、谷を利用することによって、手錠をかけた。いつもの、高樹のやり方だったと言ってい い。谷の全身には、何カ所もの刃創があるはずだ。若いころはラグビー選手で、頑丈な躰をしていたが、あの時は出血で命が危なかった。

「よく法廷で見かけるから、いつも会っているような気がするが、こうして二人だけで会うのは、何年ぶりになるのかな」

「忘れましたね」

「いきなり電話して、悪かったよ」

「そう心にもないことを高樹さんが言うと、裏の意味を考えたくなりますね」

「ちょっとばかり、知りたいことがあってね」

「そら、来た」

言って、谷は新しいバーボンソーダを註文した。三度ほどこの店へ来ているが、親父が喋るところは滅多に見たことがない。谷が好んでいる店だ。

「富永利男についてだ」

「出所して、早速なにかやりましたか。そういえば、池袋の沖山が殺されたと、新聞に出ていたな。富永じゃないようだけど」

「どうしてわかる？」

「あの男の性格じゃ、その気になれば、出所のその晩に、ドスを研いでるでしょう。翌日には、殺《や》るか殺られてるか。まあ、極端な言い方ですがね」

「じゃ、誰かな？」

「それを調べるの、高樹さんの仕事でしょう。沖山を殺《や》ったやつなら、俺が弁護を引き受けてもいいですよ」

「富永の弁護を引き受けた経緯は？」

「そうだな。まあ、いやな感じがしなかった。だから引き受けたってとこかな」

「富永の印象を訊いてるわけじゃない」

「俺に、弁護を依頼した男の印象ですよ」

「富永典男、弟だろう？」

「違いますね。そういえば、あの弟は富永の出所前に、殺《や》られましたね」

「だから、抗争の扱いで、身代りかもしれないという可能性を残したまま、自首した犯人《ホシ》を真犯人《ホンボシ》として片付けちまった」

「そうなんですか」

谷が、バーボンソーダを呷《あお》った。豪快な飲み方をする。ただ、それほど量を飲もうとはしないようだ。

富永利男の裁判で、谷は防衛権の拡大解釈で弁護を押し通した。富永が殺人を働いたのは正当防衛、もしくは過剰防衛だったというのだ。富永は、殺しに行った。それだけでも、緊急避難の概念からはずれるが、谷は根気よく組織と組織の関係を分析し、かなりの説得力で、富永の生命の危機を裁判官に印象付けたのだった。

「弟の方、知ってるかね？」

「二度ばかり、じっくり話をしました。兄貴とは対照的で、沈着な男でしたよ」

「なぜ、殺《け》されたのかな」

「それも、高樹さんの領分でしょう」

「沖山が、富永利男、典男兄弟を怕がった、とは思えないんだ。利男が出所《で》るのに備えて典男が組織を作ろうとした、と自首した犯人《ホシ》の供述にはあるんだがね」

「兄貴のために、なにかしてやろうとは思ったでしょう。だけどそれは、組織を作るというようなことじゃなかった、と俺は思ってますよ」

「だから、沖山と富永典男には、別個の、独立した関係というか対立というか、そういうものがあったと、想定できる。ただ、その関係が公になるのを沖山は好まなかった。そこで、組織の抗争という恰好にすり替えた。出所《で》てきた富永利男に狙われるのも、覚悟の上でだ」

「相変らずですね」

「私が考えたことじゃないんだ。娘みたいな歳の、婦警が考えたことでね」

「ほう」

「どう思う？」

「わかりませんね。どういう対立があったとしても、弁護士に相談するような次元じゃなかったんでしょう。俺は、兄貴の裁判の時に弟に会ったきりですから」

高樹は、バーボンソーダを飲み干し、グラスの底で軽くカウンターを叩いて、バーテンに合図した。

谷が煙草をくわえる。前髪のあたりに、白髪が増えている。そろそろ四十になろうというころだ。高樹が四十の時は、かなり白かった。いまはもう、銀髪である。

「沖山殺し、高樹さんの担当ですか？」

「違うよ」

「じゃ、やめませんか。理由はないけど、やめた方がいいような気がします。また誰かを死なせたりして、心だけが重くなりますよ。そんな気がするな」

「具体的なことを、なにか知っていて言ってるのかね？」

「ほとんど知らずに、言ってます。それでも、高樹さんが嗅ぎ回りはじめたということは、あまりいいことではないな、という気はするわけです」

「私のために、言ってくれてるわけか」

「おかしな星を、持ってる人ですよ、あなたは。人を死なせる。それはそれでいいのに、どうしても背負うかたちで死なせてしまう。大して気にならないと言いながら、心の中は他者の死で満杯なんだ」

「そうかもしれん。日常に紛れさせながら、刑事生活を終りたいと思ってもいるがね」

新しい、バーボンソーダ。グラスに手をのばした時、初老のバーテンと眼が合った。意味もなく、高樹はただ笑ってみせた。バーテンもほほえみ返してくる。瞬間、なにかが弾けたような気がした。それだけだ。

「昔、人をあやめたことがあります」

低い声で、バーテンが言った。なぜ、いきなりそう言ったのか、高樹にはわからなかった。

「三十年も、前のことですが」

「つらいかね？」

「夜が長い。そう思うことに、馴れちまいましてね。情ない気もしますが」

「三十年、だからね」

「この店を畳んで、故郷《くに》へ帰ろうかと何度も考えました。いまも、時々考えますね。刑務所から出て、気を入れて働いて、やっとの思いでこの店を出したんですが、そのころから、これでいいのかって気持になりましたよ。故郷《くに》へ帰ったところで、同じことを考えるのはわかってるんです。だけどなにか、生まれた土地ってやつが、心のどこかをふわっと安心させてくれるんじゃないかと思って。人とか仕事とか、そんなもんじゃなく、なにがあっても動かないってもんに、頼りたくなっちまったりするんですよ」

バーテンが、もう一度ほほえんだ。高樹は、バーボンソーダを口に運んだ。微妙ななにかが口に拡《ひろ》がった。苦さではない。

「めずらしいね、親父さんが喋るの」

「そうでもないですよ、谷先生」

「そうかな。俺はあんまり、親父さんと喋ったことがないような気がするけど」

「独り言ってやつを、よくやるんです」

それきり、バーテンは喋らなくなった。

高樹は、煙草に火をつけた。

「ゴロワーズ、一本いいですか？」

「ああ」

「こいつ、半端じゃない煙草ですよね。事務所の近くのホテルには、売ってたな」

自分のライターで火をつけ、谷が言った。バーテンは、カウンターの端でグラスを磨きはじめた。客は、いつまでも高樹と谷だけという感じだ。

「やめないだろうなあ」

煙を吐きながら、谷が呟いた。

「私のことかね？」

「嗅ぎ回りはじめたことを、途中でやめたりはしない人ですよね」

「刑事というのは、そういう商売さ」

「警視でしょう、高樹さん」

「階級に関係はないよ。そうせずにはいられないのが、刑事だ。それをやめてしまったら、私は刑事だったことを後悔するようになるだろう」

「貫き通せば、後悔はしないわけですか？」

「後悔より、もっと重いものを背負いこむかもしれんがね、君が言うように。私は、それでいいんだ」

「なんとなく、わかる気もしますよ。ひとつの生き方しかできない。男ってのがそういう生き物だと、最近俺も思いはじめてます」

客がひとり入ってきた。

カウンターの端に腰を降ろし、ウイスキーを註文すると、バーテンとひと言二言、言葉を交わした。まったく、ひとりで入ってくるのが似合いすぎる店だ。

「私の下にいる婦警が、富永利男に関する資料を読んだ。それで、弟が殺された事件が、富永利男の出所とは関係ないんじゃないかと言い出した。言われて、私も気づいた。抗争と思いこませるものが多かったが、抗争そのものに必然性があったかというと、そうでもない。ちょっと恥しいような気がしたね。現場にあまり出なくなると、こんなものだ」

「たとえ抗争でなかったとしても、沖山の身内が富永典男を殺《や》ったことは確かでしょう。しかも、沖山まで死んだ。暴いてなにが出たところで、むなしいな」

「犯人《ホシ》を逮捕《あげ》るという行為は、もともとむなしいものなんだよ。いろいろと理屈はつけてみるがね」

「それで、時々失敗して、犯人を逃がすんですか。失敗の仕方が老いぼれ犬らしくない、と何度か耳にしたことがありますよ」

「おかしな言い方になるが、どうしても逮捕《あげ》たい犯人《ホシ》を、失敗して逃がしたことはない」

「まったく、意味深長ですな」

谷が笑った。

バーテンに客が喋りかける、短い言葉が聞えた。バーテンは、やはり無口だ。相槌《あいづち》が時々聞えるだけである。

谷が、法廷の傍聴席のあり方について喋りはじめた。法律家から見ると、いろいろ問題があるのかもしれない。高樹は、傍聴席に不満を持ったことがなかった。

三杯目のバーボンソーダを、バーテンが新しいグラスに作って運んできた。

高樹は、眼を閉じた。ソーダのはぜる、かすかな音が聞えた。谷の声が、それを消した。弁護士は、やはりお喋りだ。ひと言で済むところに、かなりの時間をかける。

「またですか」

谷が言った。鼻唄をやっていることに、高樹は気づいた。

3

アパートの周囲を一周させると、止めろ、と高樹は短く言葉をかけた。

なにも知らせていないが、松井直子はかなり緊張しているようだ。細いズボンにローヒールに、ジャケットふうの上着。装飾品を付けるのは、あまり好きではないらしい。

一階の部屋。おかしな踏みこみ方をすると、窓から逃げられる。

「拳銃を携行してはいないだろうな？」

「はい」

答えた松井の声は、やはり張りつめている。

「右から二番目。一階のな」

「誰がいるんですか？」

「多分、鈴木貞二」

三年前の、強盗殺人犯。年齢四十二。身長百七十センチ前後。右の額から眉にかけて、切り傷がひとつある。

「いいかな？」

「はい」

「なにが、はいだ。鈴木貞二のデータを、頭の中で反芻《はんすう》し終えたかと、訊いてるんだ」

「すみません」

「朝一番の仕事か。声をかけるのは、君の方がいいだろう。警察は名乗らんよ。セールスマンの真似でもしろ」

「ほんとに、鈴木貞二がいるんですか？」

「わからんね。私が摑んだ情報では、そうなんだが」

「どうやって、警視は情報を摑まれるんですか？」

「恫喝、哀願、買収。ちょっとした友情という時もあるな」

「所轄の応援は？」

「要請しない。逮捕《あげ》てから、護送用にパトカーを回して貰えばいい。手柄ってやつは、独占するものさ。私は、ずっとそうしてきた」

「あたしが役に立たないことは」

「そう思ってるのか？　ならばここにいなさい。私がひとりで逮捕《あげ》てこよう」

「今度は、ぶざまなことはしないつもりでいます。これは、あたしに与えられたチャンスなんでしょうか？」

「なんとでも考えるさ。いつまでもお喋りはできん。君の仕事は、鈴木にドアを開けさせることだ。そして、ほんとうに鈴木かどうか、確認しろ。確認したら、一歩退《さ》がれ。私が踏みこむ」

「四十二歳のはずです」

「私と較べたら、子供じゃないか」

高樹は、車を降りた。松井が慌てて付いてくる。住宅が密集している地域だった。

ドアの前。表札には、違う名前が出ている。開けた時死角になる位置に、高樹は立った。顎で、松井に合図をする。一度大きく、松井は息を吸った。事前に詳しく説明するより、いきなり現場に放りこんだ方がいい。訓練は充分受けているのだ。これをうまくこなせれば、松井も自信を取り戻すはずだった。

もう一度、高樹は顎で合図した。

意を決したように、松井がチャイムを押した。一度。それから続けて二度。低い声で応答があった。

「松井商店の者ですが」

落ち着いた声だった。ドアの鍵を解く音がした。

「松井商店からうかがいましたが」

高樹は、松井の眼を見ていた。中の人間を観察するように動いている。

「おたくでお使いの電器製品は」

言いながら、松井が一歩退がった。ドアノブを摑んで引き、高樹は部屋の入口に立った。鈴木貞二。口を開けて立ち尽している。

踏みこんだ。左手で手帳を翳《かざ》し、右手はポケットの中で手錠を摑んでいた。鈴木が後《あと》退《ずさ》りしていく。靴のまま、部屋に踏みこんだ。睨み合う。ひと言も、高樹は言葉を発しなかった。鈴木の腰が、テーブルにぶつかった。

「暴れない方がいい」

静かに、高樹は言った。

「自分の運に逆らっても、痛い思いをするだけだ」

鈴木の顔が歪《ゆが》んだ。膝が折れる。

「手錠を打て」

鈴木から眼を離さず、高樹は言った。松井が、鈴木の右腕をとって手錠を打った。それから左手。うなだれたまま、鈴木は涙を流しはじめている。

「車から、所轄に連絡を入れて、パトカーを回して貰いなさい」

松井が、部屋を飛び出していった。

「ここが、どうしてわかったんですか、旦那？」

鈴木はまだ涙を流し続けているが、声は普通だった。座りこみ、もう立ちあがる気力も失ってしまったようだ。

「どうしてなんです？」

「おまえが、生きてるからだ」

「生きてりゃ」

「めしも食う。仕事もする。人にも見られる」

「そうですね」

「三年ってのは、短くはなかったようだな」

まだ涙を流し続けた顔が、かすかに頷いた。三年、身を潜めていた。強盗殺人犯の牙は、すでに抜けてしまっている。

駈け戻ってきた松井が、泣いている鈴木を見て立ち尽した。

「赤色灯も回さず、サイレンも鳴らすな。そう言ったか？」

「いいえ」

「付け加えてこい。近所迷惑になるし」

犯人を好奇の眼に晒《さら》すことはない。すでに手錠を打たれ、泣いているのだ。松井が、また駈け出していった。

「家族とは、時々会っていたのか、鈴木？」

鈴木が、首を横に振った。涙の量が多くなったようだ。それを、拭おうともしなかった。甲府に、老母と妻と息子が二人。三年前は、その実家に、ひと月近く刑事が張りこんだ。

「長いぞ。十五年は食らいこむ」

「旦那は？」

声も、ふるえを帯びはじめていた。

「本庁捜査一課の高樹という者だ」

「密告《タレコミ》、ですか？」

「逃亡生活じゃ、まともに生きられもしなかっただろうからな」

質素な部屋だった。女っ気もないようだ。売人をしていたといっても、金回りがいいわけではなかったのだろう。松井が戻ってきた。鈴木の手に、ハンカチを握らせる。泣いている自分にはじめて気づいたように、鈴木はそれを顔に当てた。

パトカーが到着した気配があった。

「行こうか」

松井にむかってだけ、高樹は言った。護送はパトカーがやり、その後の取調べは、当時担当した刑事がやればいい。

「なにを考えていらっしゃいます、警視？」

言われて、鼻唄をやっている自分に高樹は気づいた。

「どの程度の手柄かってことさ」

「嘘です。『老犬トレー』をやる時って、不吉なことだけを考えてるって、あたし聞いてます。実際、手柄を自慢してるようなお顔もなさってませんわ」

「松井君、恋人は？」

「えっ、いきなり、そんな質問なんですか。いませんよ。この間も、同じことを訊かれましたわ。あたし、今回の件で、度胸を決めるというのがどういうことか、わかったような気がします。それぐらいの質問なら、うろたえたりはしませんわ」

「気に入ったね。私の愛人にならんか？」

制服の警官が、鈴木を引き立てていった。パトカーは三台になっている。鈴木を乗せた一台が、赤色灯だけを回して走り去っていった。それを見送り、警官に現場保存の指示を出して、高樹は車に乗りこんだ。

「愛人の件、考えておいてくれ」

「そんな、警視。とんでもないことを、おっしゃらないでください」

「冗談じゃない。そういうかたちで、やってみようじゃないか」

「あたしは」

「君がいやなら、別の婦警をつけることにするが？」

「どういう意味なんですか？」

「池袋から探る。今回の件で、われわれはかなり自由になる時間を持ったと言ってもいい。沖山の身内のどこかに、初老の男と若い愛人という恰好で、食いこもう」

「そんなことだったんですか」

「お断りかね」

「喜んで、やらせていただきます。でも、唐突に言い出されるなんて、意地が悪すぎますよ、警視」

言った瞬間は、松井直子を愛人にしてもいいという気持だった。瞬間だけだ。

「まだ、うろたえてるようだな。ちょっとした言葉で、うろたえる」

「当たり前だと思います。嫌いな男に言われたんじゃなく、尊敬している方に言われたわけですから」

「いくらか、心が動いたってことか」

答えず、松井はキーを差してセルを回した。乱暴な発進だった。現場保存の警官が、敬礼して見送っている。

「手品みたいな気がします」

かなり走ってから、松井がようやく口を開いた。

「人の心は、手品みたいに操れる。もっとも、充分に経験を積んだらだが」

そして操ることも、むなしくなる。思ったが、口には出さなかった。『老犬トレー』が出そうになるのを、なんとか抑えただけだ。

午前中でも、車は多くなりはじめていた。

自動車電話で、高樹は課長に簡単な報告を入れた。できるかぎり、報告は事務的な方がいい。それでも、事務的な報告以外のことを課長は聞きたがる。

煙草に火をつけた。

「松井商店か。電器屋かね？」

「とっさに出たんです。新聞の勧誘なんかだと、ドアを開けずに断られてしまうかもしれないと思って」

「女の声で、よかったんだ。鈴木は、針ネズミみたいな警戒心で生きてたんだろう。そのくせ、覚醒剤《シャブ》の売人なんかやっててね」

「そっちの方で逮捕されれば、すべてが終りだったのにですか？」

「そのあたりが、犯罪者の特徴と言ってもいい。綜合《そうごう》的判断に欠ける。犯罪そのものが、合理的に割りきれるものではないからな」

「手錠をかけたの、はじめてです」

高樹は答えず、煙を吐き続けた。都心にむかうにしたがって、車は多くなる。

松井の運転は、下手ではなかった。ひと通りの訓練は受けたはずだ。なぜ捜査一課を志願したのか、訊いたことはない。はじめは、事務でもやる婦警として扱ってきた。

「地下鉄の駅のそばで降ろしてくれ。私はちょっと油でも売ってるよ。本庁での処理は、すべて君に任せるから」

「どこへ、行かれます？」

「だから、油を売るだけさ」

「愛人の件、あたし忘れてませんから」

「わかってる。午後には、電話を入れるよ」

車線変更をし、地下鉄の駅の入口に、松井はぴたりと車をつけた。

高樹は、地下鉄の階段を降りると、切符を買う前に、二カ所に電話を入れた。

道路と違って、通勤時間が過ぎた地下鉄はすいていた。腰を降ろした自分の姿が、窓ガラスに映っている。シルバーシートの前に立とうものなら、即座に席を譲られるかもしれない。髪が白いというのは、それだけで十歳は多く見えそうだった。

四つ目の駅で、高樹は降りた。

指定された喫茶店は、すぐに見つかった。大軒は、まだ来ていなかった。窓際の席に座り、コーヒーを飲みながら高樹は外を眺めていた。

「老いぼれ犬の旦那からの呼び出しで、ちょっとばかり背中に汗をかきましたぜ」

大軒が声をかけてきたのは、コーヒーを飲み干したころだった。チェックの上着にサングラス。ネクタイは緩んで、首から垂れさがっている。すでに五十近くなった、フリーのジャーナリストだった。それも記事を書いて金にするのではなく、書いた記事を握り潰すことによって金を儲けていることの方が多い。

「貸しが、ひとつあったよな、大軒」

「まあね。電話貰った瞬間に、ピンときましたよ。天下の老いぼれ犬の旦那に借りたんだ。借りた時から、きちっと取立てはされると覚悟はしてましたよ」

大軒が、ピー缶をテーブルに置いて蓋をとった。高樹のゴロワーズといい勝負で、二十数年前はじめて会った時から、ずっとこれだ。

「池袋の、沖山さ」

大軒は小さな事務所を構えていて、五人ほどのスタッフを抱えている。その中には、暴力団の抗争などを専門に取材している人間もいて、警察の資料より詳しいものが時々あったりするのだ。

「本部に、高樹さんは入ってないでしょう」

「さすがによく知ってるな。私が、独断専行の傾向を持ってることも、思い出してくれよ」

「警視になって、のんびりとやっておられるのかと思いましたが、現場の匂いにゃやっぱり引かれるんですね」

大軒はコーヒーを飲み干した。酒でも、最初の一杯をひと息で飲み干す。それきり、何時間その店にいようと、追加註文はしないのだ。

「あれが抗争の結果だと、高樹さんは考えちゃおられませんね」

「本部でも、そう考えちゃいない。四課じゃなく、うちから所轄署に出ていってるからな」

「富永利男、逮捕《あげ》たの高樹さんでしたね。あいつが池袋をひっかき回して、抗争の匂いはあったんですがね。もっとも、富永と沖山じゃ勝負にならない。三年前の轍《てつ》は、沖山も踏まなかったでしょうしね」

「そのあたりまでは、私も知ってる」

「要するに、沖山に恨みを買うようなことがあったか。それも、あの世界以外のところから、命を狙われるほど恨まれたかってことですね」

「知ってるわけだ」

「匂いだけですがね。もしかすると、いい仕事になるかもしれない。借りの清算に使っちまうのは、ちょっと惜しいって気もします」

「沖山が死んだのにか？」

「まあ、仕事になるかどうか、俺も見きわめちゃいないんですが」

大軒が、じっと高樹を見つめてきた。いつも、下卑《げび》た眼をしていると思うが、その光の底に鋭いものが見え隠れする。それは時には、荒《すさ》んでさえ見えることもあった。

六十年代の、学生活動家だった男だ。七十年ごろは、組織の最高幹部にまで昇りつめていて、四年以上の実刑を食らっている。獄中で転向声明を出し、出所してからはブラック・ジャーナリストになった。一時、左翼系の新聞などで、変節を派手に攻撃されたこともあったらしいが、それは知らない。高樹が知っているのは、腐肉の匂いを嗅ぎつけて、どこからともなく現われてくる大軒の姿だけだった。

ブラック・ジャーナリストとの付き合いは、気をつけていた。利用価値はあるが、利用してこようともする。貸借りを作ったのは、この大軒だけだろう。金のためと、すべてを割りきろうとしながら、どこか割りきれないでいる。それが見えた。貸借りをして裏切られれば、それは自分のせいだ。裏切る相手を選んだ、というだけのことだ。

「気になるな」

「なにがだね？」

「俺に借りを返せっていうことです。俺に返せってことは、高樹さんは自分の貸しをすべて清算する覚悟でもしたんじゃないか、と俺をして思わせるわけです。情報網としての俺は、自惚《うぬぼ》れかもしれないけど、最終ランクじゃないかと思ってるんですよ」

「そうだよ」

「つまり、持ち駒を全部使おうとしてる。使っちまったあとは、どうするんです」

「自分本来の動きに、かなり支障は出るだろうな」

「刑事、やめてもいいと思いはじめたんじゃないんですか？」

「デスクワークでいい。そういうことだ。私も歳だしな」

歳をとることさえ許されない。そう言った男がいた。高樹が死なせたり、荒野へ追いやったりした男たちのことを考えれば、歳をとることなど許されないはずだ。

その男は、いまもどこかを流れ歩いているのだろうか。死ぬことさえできない、強《きょう》靭《じん》なけものになってしまった男だった。

「警部のまま、現場に置いておけば、こんなに面白い人はなかったのにな」

「不思議なものでね。警察という階級社会の中で長く生きていると、階級などどうでもいいと思っても、それが上がることは拒絶できない」

「特に、高樹さんほどの実績がありゃ、キャリアの小僧がどんどん上へ昇るのを、理不尽とも感じるんでしょうね。でも、警視ってのは、現場から昇りつめてしまったという感じはあるな」

「それで、貸しは返してくれるのかね？」

「返しますよ。高樹さんに言われたんじゃね。沖山は、雑誌を作ろうとしてました。多分、間違いないと思います」

「待てよ。いくら暴力団が複合企業化《コングロマリット》していると言っても」

「雑誌には、金主《スポンサー》ってやつがいるでしょう。金を出す人間がね。雑誌で儲けるなんてことは、並大抵のことじゃない。時間もかかる。それでも、雑誌ってのは、ある力にはなるもんですよ」

「話が、よく呑みこめんな」

「富永利男の弟、知ってます？」

「ああ」

高樹はゴロワーズに火をつけた。

「兄弟が、二重に絡んじまった。つまり沖山とですがね。まったく違う次元で、二重に絡んだってことでしょう」

「兄の方は、沖山の先代を刺した。弟は、兄が出所《で》てくるひと月前に殺された」

「弟がやられたの、抗争だって言われてますよね。俺は、違うと思ってる。そりゃ、やったのは沖山のとこの者でしょうけど、兄が先代を刺した報復なら、とうの昔にやってるでしょう。ほんとうの報復なら、出所した兄の方をやればいいわけだし。第一、沖山に報復の必然性はない。幹部同士の競り合いで、先代の直系じゃない沖山が飛び出して、跡目をとったんです。幹部間のゴタゴタで、先代が刺されたことなんか、吹っ飛んじまってますよ」

「するとだ。沖山は富永典男と、別のことで対立していた、ということか。それが、雑誌のことだった？」

「多分」

「金主の金を争ったのか？」

「富永典男が、雑誌を作ろうとしてたんじゃないか、と俺は思ってます。このあたりになると、カンみたいなものですがね。俺の世界のことでもあるし、ほかよりは情報は多い。いろんなことを考えると、やっぱり富永典男が雑誌を作ろうとしていた。その利権が、雑誌に利権なんかあればの話ですが、沖山に奪われたってことじゃないですか」

「すると、沖山を殺《や》ったのは？」

「そこまでわかれば、俺だって警視になってますよ」

「金主が誰だか、わかるか？」

「それもわかりませんね。株の仕手筋だって話は聞いたことがありますが、まあ、噂程度のものです。不動産業者とか、金がダブついてるとこへ、眼をむけたくなるじゃないですか」

「金主と沖山の対立は？」

「あり得ますね。沖山が雑誌を乗っ取ったというだけより、金主との絡みまで考えた方が、リアリティは出てきます」

高樹は、短くなった煙草を消し、新しくもう一本くわえた。ロンソンの着火は悪かった。十数度鳴らしたあと、高樹は掌でロンソンを包みこんだ。そうするとオイルが気化し、着火しやすい。みんな高樹の仕草を見るとそう思うようだが、ただ着火しろと念じているだけだった。

もう一度、試みる。二度で着火した。大軒がにやりと笑う。

「借り、返しましたよ。雑誌の話は、俺が同じ世界にいるから、わかったようなもんです。どこかで食いこめないかと思ってたんですが、高樹さんが出てきちゃ、もう駄目だ」

「君とは、これでチャラか」

「また新しい関係を構築する、というのもいいような気がするんですがね」

「そういう時があったらだ。あまり現場に出ない私に、そういう時があるとも思えないが」

「警察上層部の腐敗の内部告発。そんなのをやりたがってる警官でも知りませんか？」

「よせよ」

「そうですね」

大軒が、また笑った。

「老いぼれ犬が、『老犬トレー』をやめちまう。これも、時の流れってやつかな」

大軒が腕時計を覗きこみ、ちょっと頭を下げると、慌てて立ち去っていった。

高樹は、しばらく通りの方を眺めていた。鼻唄。やめてはいない。やめる時など、一生こないのかもしれない。

いくらか黄ばみはじめた銀杏《いちょう》の葉が、数枚風に吹き飛ばされるのが見えた。

4

松井直子と手分けして、印刷屋を当たった。

愛人関係などと、言っている暇はなかった。もともと、沖山の手がのびていた、水商売を当たるつもりで、出した言葉だった。松井が、クラブかどこかにホステスとして潜りこむ。高樹はその愛人で、毎夜看板の時になったら迎えに行く。酒場は、情報の吹き溜りのようなところだ。なにも手がかりがない時は、酒場のホステスなどに当たったりもする。

いまは、雑誌という糸口があった。雑誌をやる気なら、印刷屋も押さえていたはずだ。沖山が縄張としていた地域にだけでも、かなりの数の印刷屋があった。周辺まで含めると、とても半日では回りきれそうもない。

久しぶりの、聞込みだった。

頭の中で地図を描き、効率よく回る。ほとんど本能のように、考えずにそうしてしまう。

沖山殺しの捜査本部の刑事と、二度出会《でくわ》した。高樹は、二件の継続捜査を抱えている。続けさまに二つ犯人《ホシ》を逮捕《あげ》たので、高樹の行動にクレームをつけてくる者はいなかった。犯人《ホシ》を逮捕《あげ》ていないとしても、多分、ほかの刑事は高樹を避けて通るだろう。

七時に、待ち合わせの喫茶店に行った。

松井はすでに来ていて、ピラフを口に入れていた。高樹を見て、慌てて紙ナプキンで口を拭った。むき合って腰を降ろし、コーヒーを註文し、テーブルの端にあったメモを手にとった。

沖山という名で仕事の申込みを受けた印刷屋は、一軒もなかった。先週か先々週に仕事の申込みを受け、それきり連絡がないものが五軒。松井が三軒に、高樹が二軒見つけてきた。その中には、名刺や葉書の印刷というのもあり、気になるのは二軒だけだった。

「印刷屋って、いっぱいあるんですね。回ってみてびっくりしました」

「まず、この二軒だな。森口と中村か。沖山の身内に、こういう名はなかったな」

沖山の周辺について簡単な資料を、松井に持ってこさせていた。高樹は、人物関係が書かれた資料を、しばらく黙って眺めていた。いま、沖山の組織は四分五裂で、そう遠くないうちに、それぞれが周辺の組織に吸収されていくだろう。沖山の直系はわずかで、孤立しているという感じがある。

富永典男殺しから、辿《たど》って考えた。抗争のかたちにして、隠さなければならなかった。そのため沖山が自首させたのは、直系の若い衆である。とすると、雑誌の仕事も、直系の誰かにやらせようとしただろう。

組織の中でも、雑誌の仕事は内密だったに違いない。知っているのは、直系の人間だけだろう。沖山は、この仕事をやることで、資金を得ようとしたのか。それとも、組織を固めようとしたのか。

「本部の捜査は、どの程度進んでる？」

「およそのことしかわかりませんが、聞込みの範囲を、沖山の縄張《シマ》にまで拡げている段階のようです。目撃者の五人の証言が、暗い場所だったせいもあって、かなり食い違ってるみたいなんです。広尾の現場から、新しいものはなにも発見されてません」

「剖検《ぼうけん》は？」

「わかりませんが、刺殺です」

「それはわかっている。刺し方がどうだったか、という話さ」

「素人じゃない。そう言ってるのを、ちょっと耳にしただけですが」

刺し方に、素人も専門家もない。素人が刺しても、死ぬ時は死ぬのである。ただ、確実に殺す刺し方というやつはある。

聞込みを沖山の縄張にまで拡げたというのは、身内の犯行の可能性まで考えられはじめたということだ。しかしやはり、高樹は組織と直接関係はない人間の犯行だ、と思っていた。襲ったのは、ひとりなのだ。しかも、銃ではなく刃物を使っている。

「やくざ者と、ちょっと付き合ってみるか、松井くん」

「付き合うといいますと？」

「会って、親しく言葉を交わすわけだ」

「わかりましたが」

「行こう」

高樹は腰をあげた。松井も立ちあがる。

歩いて十分ほどのところだった。五、六人のホステスがいる、中途半端なクラブだ。

「ここ？」

「そう。大谷がやっているクラブだ。経営者が、大谷の女房」

大谷は、先代の直系だった。組を継ぐほどの力はなく、沖山の代になると冷や飯を食わされてきた。

「警視。大谷が沖山を殺害した、組織内の内部紛争と見ておられますか？」

「大谷に、沖山と事を構える度胸はないだろう。直接会ったことはないがね。その気があるなら、三年前にやってるさ」

　薄暗い店に入った。

　女連れの客をどう迎えていいのか、女の子たちは戸惑ったようだ。丁寧すぎるような言葉遣いだった。席へ案内され、高樹はビールを一本だけ頼んだ。

　しばらく、無駄話をしながら飲んだ。男が二人入ってきて、奥へ消えた。経営者の中年女に対する態度から、ひとりが大谷だろうと高樹は見当をつけた。

「なんだね、これは。頼んだ覚えはないが」

　フルーツが運ばれてきた時、高樹は言った。運んできた女の子が、困惑したようにカウンターの方を見た。

「付き出しみたいなもので、お店の決まりになってるんです」

「断るね。付き出しのピーナッツが、ちゃんと出てるじゃないか。註文したものだけを、持ってくればいいんだ」

　松井は、黙ってビールを舐めている。

「とにかく、持って帰れ。伝票にもつけちゃいけない」

やり取りを聞いていたバーテンが、カウンターを出てくるのが見えた。古臭い商売のやり方だ。

高樹は煙草をくわえ、ライターを鳴らした。四度で、着火した。

「お客さん、俺が作ったフルーツが気に食わないんですか」

はじめから、威圧してきている。バーテンの方にむけて、高樹は煙を吐き出した。

「店の決まりなんだよな」

奥にいた経営者の女が、席を立ってきた。

「愉しく遊んでくださいな、お客さん。若いお嬢さんも一緒のことだし」

「愛人と一緒なんだ。言われなくても愉しむさ。その愉しみを、余計なものを持ってきて毀さないでくれ、と言ってるんだよ」

「あのね、うちの店じゃねえ」

裏にやくざがいるという思いがあるのか、女の態度はどこか傲慢だった。

「君の喋り方も、愉快じゃないな」

客は、奥の席にひと組だけだ。テーブルにフルーツなど出ていない。

「こういうお客さんには、帰っていただきましょうかね。フルーツの代金は貰いますよ。もう作っちまったんだから」

「そんなのを、やらずぶったくりっていうんだぜ」

「因縁でもつける気で来てんの、あんた」

「ちょっと、外に出なよ」

バーテンが、汚れた前掛の紐《ひも》を解きながら言った。高樹は煙草を揉み消し、立ちあがった。いい度胸してんのね、あんた。ドアのところで女の声が聞えた。高樹に言われたのではなく、平然としている松井に浴びせられた言葉らしい。

二分も経たず、高樹は店のドアを外から押していた。女が、ちょっとびっくりしたような顔をする。

「なによ、ここに逃げてきたって、仕方ないでしょ、あんた」

「逃げてきたわけじゃない。戻ってきただけだよ」

「金山は？」

「あのバーテンか。眠いそうだ」

若い女がひとり、奥へ駈けこんでいった。二人の客は、にやにや笑いながら成行を見ている。

奥から太い声がした。やけに荒っぽい足どりで男たちが出てくる。さっき入っていった二人だ。

「見てこい、吉田」

吉田と呼ばれた若い男が、外へ飛び出していった。しばらくして、バーテンの躰を抱えるようにして入ってきた。

「どうした、金山？」

「わかんねえ。わかんねえですよ」

「この爺さんが、やったわけじゃねえだろう」

「いえ、路地にゃ二人だけで、なんか首のあたりにぶつかってきたような気がするんですが」

「ほう、この爺さん、スタン・ガンでも持ってるってわけか。相手が悪かったね。なに持ってようと、こっちはまだ二人いる。場合によっちゃ、ほかのお客さんだって加勢してくれる。どうする気だね？」

「大谷だな？」

「知ってんのか、俺を。知ってて、こういう真似をしたわけだな」

大谷の表情が険《けわ》しくなった。顔になんでも出てしまう男だ。もともとテキ屋で、声だけには妙な迫力がある。資料では四十五ということになっていたが、頭が禿げあがっているせいか、もっと老けて見えた。

高樹は立ちあがり、手帳で大谷の頰を叩いた。

「眼はついてるな、大谷」

「警察《サツ》の旦那だったんで」

「私のことを知らんとは、おまえもこの道でもぐり扱いされるよ。捜一の高樹というもんだ」

「あ、老いぼれ犬の」

「相手が悪かったのは、そっちだぞ」

高樹は腰を降ろした。奥の席にいた二人の客が、早足で店を出ていった。

「おまえの脅迫だけで、引っ張るには充分だ。バーテンの若造は、公務執行妨害にもなる。経営者だって引っ張れる。いま、根こそぎこの店をやられちゃ、困るだろうな」

「旦那、俺なんかを嵌《は》めたって」

女の子たちは店の隅に集まり、バーテンはすごすごとカウンターの中に戻り、若い男はびっくりしたような顔のまま大谷の後ろに突っ立っていた。

「掛けろよ、大谷。別に引っ張ろうと思ってきたわけじゃない。この若い娘も、一課の刑事で、二人しておまえに訊きたいことがあったのさ」

ちょっと頭を下げ、大谷は女の子用の丸いスツールに尻を載せた。

「沖山は、なにか新しいことをやろうとしていなかったか？」

「新しいことって？」

「自分の直系を使って、いままでの組の仕事《しのぎ》とは別のものをだ」

「そういう匂いは、ありました」

自分のことについての聞込みでないことがわかったのか、大谷の表情は少し楽そうになった。額の汗を、手の甲で拭いあげている。

高樹は煙草をくわえ、火をつけた。ビールは、すっかり泡が消えてコップの中に残っている。

「なにを、やろうとしてた?」

「そいつが、わかんねえんです。誰も知っちゃいません。畑の野郎が、ひとりでなんか請負ってたみたいで、畑っての、チンピラあがりなんですがね。三年前ごろから、でかい顔《つら》するようになってて」

「中村とか、森口とか知らないか?」

「森口っての、畑の義理の兄貴でさ。畑の姉の亭主です。だけど、森口は組の人間じゃねえですよ。事務所に出入りしちゃいましたが、なにやってるかよくわかんねえ野郎で、金回りはよかったですね」

「口の軽いやつか?」

「さあね。俺らは、あまり話をしなかったですね。いつも組長の部屋にいて」

「富永利男が、三カ月前に出所しましたよね。富永を殺《と》ろうなんて話、出ませんでした?」

松井が言った。びっくりしたように、大谷は松井の方を見た。

「先代の仇《かたき》ってことだったんじゃないんですか？」

「しかも、野郎は、池袋《ブクロ》で派手に動き回りましたし、俺は殺《と》ろうと言ったですよ。だけど、ヤキ入れるだけでいいということになって、一応追いかけ回しちゃいましたが。どうも、警察《サツ》が入ってくるようなことにゃ、したくなかったみたいです」

「富永利男の弟の典男を、四カ月前に殺《と》ってますわね。あれには、なにか事情があったんですか？」

「どうも、兄貴が出所《で》る前に、人を集めたみたいですね。十人ばかり集めてたって話ですよ。先制でしょう。兄貴が出所《で》てきた時は、もう人も集まらなくなってましたし」

かすかに、松井が頷いた。大谷の額に、また汗が噴き出している。

「どうも、若い娘さんが殺《と》った殺《と》られたなんて言うと、びっくりしちまいます」

「若い娘でも、バッグの中にゃ小型の拳銃《チャカ》が入ってる。手錠《ワッパ》と一緒にな」

「旦那ってわけにゃいかねえし、なんとお呼びすりゃいいんですかね」

「それは、私も考えたことがなかったな」

煙を吐きながら、高樹は笑った。

それ以上、具体的な話を大谷からは訊き出せなかった。大谷が、沖山のことを一度も名前で呼ばず、親分《おやじ》とも言わなかったことに高樹は気づいた。自分を押しのけた男に対する複雑な思いは、持っているのだろう。

テキ屋で修業した男らしく、大谷は戸口に立って丁寧に見送った。

「森口、でしたね」

しばらく歩いて、松井が言った。繁華街の人通りは多い。

沖山は、森口を使って雑誌を作ろうとしていた。それはもともと、富永典男がやろうとしていたことだ。そして、それを富永利男はすべて知っていた、と考えた方がいい。

「恰好よかったですよ、警視。バーテンと外に出て、戻ってきた時。若い女の子は、痺《しび》れてしまうと思いますわ」

「嬉しいね。やったことは、やくざの因縁と同じようなもので、権力の傘の下にいる分だけ、卑怯でもあるがね」

「手錠を、武器に使われるんですね」

「まず、殺さなくて済む」

「教えてください、いつか」

「女が使う技じゃない」

駅が見えてきた。

切符売場のところで、高樹は松井と別れた。買った切符は、桜台へ行くものではなかった。桜台へは、定期を持っている。

5

ドアを開けたのは、宮部元行だった。

高樹の顔を見て、一瞬眼に光を宿らせ、それから頭を下げた。

「なにか?」

「用事があるから、来たのさ。トルエンの密売は、もうやめちまったようだな」

「そんなもん、売ってませんよ」

「入れて貰うぞ。富永に用だ」

「待ってくださいよ」

高樹が睨みつけると、宮部はびっくりしたように二歩退がった。

「子供だな、まだ」

あがって貰え、という声が奥から聞えた。

高樹は靴を脱いだ。川口市にあるマンションの一室で、二LDKの広さのようだ。リビングルームのソファに、富永は腰を降ろしていた。

「出所《で》たてじゃ、どこにいても警察《サツ》にゃわかるようになってんですよね」

「いい部屋じゃないか」

「行くところがありませんでね。女のところへ転がりこんだってわけです」

「若い者も置いて、親分気取りってとこだな、富永」

「元行も、行くところがありませんでね。宿無《ヤサグレ》が二人、転げこんでるだけですよ」

テーブルを挟んで、高樹は腰を降ろした。きれいに整った部屋だ。女の姿はない。夜の仕事でもしているのかもしれなかった。

「うまく、やったな、富永」

「沖山が殺《や》られた時、古川の旦那にわざわざ見られた、と思ってますね、旦那」

「古川も、安く使われたもんさ」

煙草をくわえた。ロンソンはなかなか着火しなかった。掌で握りこむ。それからもう一度鳴らした。六度で、ようやく着火した。このところ、発火石の消耗《しょうもう》が早い。

「元行、旦那にお茶だ」

「ビールがいいな。のどが渇いた」

「聞えたな」

宮部が頷いた。

「ひと仕事終えて、次の仕事はなんだ、富永？」

「仕事はしてません。出所《で》てから、まともなやつはひとつも」

「そろそろ、まともな仕事でも考えているだろう。雑誌でも作ってみるか」

富永の視線が、一瞬高樹を射抜いた。

宮部が、ビールを盆に載せてきた。小さな皿に、柿の種も盛ってある。富永がビールを注いだ。泡が多く、見る間に外に溢《あふ》れ出した。富永は、慌ててティッシュペーパーでこぼれたビールを拭き、グラスの底も拭いた。

「まともな雑誌なら、いいんだがね」

「どこで、そんな話を聞いたんですか。俺が雑誌なんてね」

「弟は、雑誌を作ろうとしてたんじゃないのかね？」

「そうでした。そんな話でした。なにしろ、俺が刑務所《なか》にいる時のことだったし」

「沖山も、雑誌を作ろうとしたらしいな」

また、富永の視線が射抜いてくる。表情がひきしまった時は、獲物を狙うけものという感じの顔になる。

富永が、笑い声をあげた。高樹はビールに手をのばした。

「さすがに、本庁に老いぼれ犬あり、と言われただけのことはありますね、旦那」

「二人の死人の手を渡った雑誌を、今度はおまえが引き継ぐのか」

「冗談はよしてくださいよ。俺が、雑誌なんて柄だと思いますか」

「雑誌によりけりさ。沖山も手を出したところを見ると、相当キナ臭い雑誌だね。やくざ顔負けの雑誌が、ないわけじゃないだろう」

「知りませんよ。その世界のことは」

高樹は、煙を吐きながら、突っ立っている宮部の方へ顔をむけた。宮部の仏頂面が横をむいた。

「雑誌記者になりたいか、宮部？」

「えっ」

「富永は、おまえにまともな仕事をさせたがってる。さしあたって、雑誌記者ぐらいじゃないのかな。どうだね、頑張ってみるか」

「ひとっ走り、ビールを買いに行ってくれ、元行」

富永が言った。宮部が飛び出していく。

「気は遣わないでくれ、富永」

「別に。どうせ、俺らが飲むもんです」

「池袋の駅前をうろつくのは、やめたようだな」

「俺も、出所《で》たてで、警察の旦那方が集まってる駅前へは、行きたくないですよ。いま、あそこは旦那方でいっぱいでしょう」

「それで、部屋に籠って、雑誌作りの研究ってわけか」

高樹は、テーブルに積んである雑誌の中から、一冊抜き出した。女性週刊誌だった。富永の女が読んでいるものなのだろう。

「これを、貰ってもいいかね？」

「なにするんです、そんなものを？」

「おまえの雑誌作りの、研究材料のひとつじゃないかと思ってな。私も、ちょっとばかり読んでみようというわけだ」

「雑誌なんて、俺に作れるわけないでしょう。ま、お持ちになるのは、自由ですが」

「つまらんことを、私は探りに来たのかな」

「正直言って、そうです」

「無駄骨ってやつか」

　パラパラと雑誌をめくった。写真の多い雑誌だった。富永はじっと高樹を見つめている。煙草を消した。紙に脂《やに》の滲《にじ》んだゴロワーズの吸殻は、フィルターの付いた吸殻の中では、妙に異質だった。

「おまえを、刑務所《なか》に戻すことになるんじゃないか、と私は思ってる」

「三年もいれば、充分ですよ、あんなとこ」

「私の予感は、当たることが多い。いままで、何度それでうんざりしたか」

「はずれます。旦那も、現場を離れて時間が経ちはじめてますよ」

「そうならいい、と思ってる」

　週刊誌を丸めて持って、高樹は腰をあげた。玄関まで、富永は送りに出てきた。

外へ出た。駅まで、歩いて十分というところだった。そぞろ歩き。そう見えるだろう。

実際、肌寒い夜風が心地よかった。

ヘッドライト。高樹の全身を照らし出した。周囲の足場を、高樹は測った。エンジン音。跳ぶ。上着の裾を、フェンダーミラーが擦った。後退してくる車。待った。車の中は、よく見えなかった。身を隠せるものといえば、十メートルほどさきの電柱だけだが、そこへ行き着くまでに車に追いつかれる。

突っこんできた。数メートルに迫るまで、立ち尽していた。右。それから左へ跳ぶ。かろうじて、かわした。這いつくばっていた。後退した車が、また突っこんでくる。ヘッドライト。路面を転がった。転がりながら石を掴み、フロントグラスにむけて投げた。フロントグラスに、亀裂が走るのが見えた。まるで氷のかけらでも付着したような亀裂。そう思った時は、走っていた。電柱。行き着いた。肩で大きく、高樹は呼吸をした。待った。フロントグラスを払いのけ、それが路上に飛び散る音がした。

諦めたのか、車は後退していく。

五分ほど、高樹は電柱のそばから動かなかった。煙草に火をつける。風の中で、ロンソンはなかなか着火しない。根気よく、鳴らし続けた。一瞬だけの炎。それを逃がさず、小さな火を煙草のさきに移した。

煙を吐く。呼吸は鎮まっていた。きわどいところだった。長い刑事生活の間、何度きわどいところをすり抜けてきたのか。心は乱れていなかった。

鼻唄をやりながら、高樹は電柱のそばから歩き出した。

駅へは行かなかった。

小さなアパート。木造の二階屋だ。番地とアパートの名前を確かめ、高樹は植込みのかげに入った。鼻唄はやめた。煙草も喫わなかった。石像にでもなったように、高樹はじっと動かず立っていた。

一時間ほどして、車がやってきた。フロントグラスは、割れていない。ナンバーも違う。降りてきたのは、痩せて頰骨の突き出した男がひとりだった。車は走り去っていく。

「動くなよ、堀」

植込みのそばに男が来た時、高樹は背後から声をかけた。

「私が刑事だということを忘れるな。合法的に、拳銃を携行している」

堀は、振りむこうともしなかった。両手を挙げさせ、頭の後ろで手錠をかけた。鎖を摑み、そのまま押していく。

二階の、右から二番目の部屋。鍵は、堀の上着のポケットにあった。

入ったところがキッチンで、奥にひと部屋ある。

「悪いが、靴のままあがらせて貰う。おまえも、つまらんことは考えるな」

堀は従順だった。万年床にひざまずき、はじめて高樹の方に眼をむけてきた。

「運転してたのは、宮部だな。性格がそのまま出ていた。刃物でくると思って、せっかく防御用の週刊誌まで貰ってきたのにな。いきなり車をぶっつけてくるとは、富永も焼きが回ったものだ。刃物でちょっと脅すところからはじめるもんだぜ」

「親分《おやじ》さんは」

堀が言った。かすかに声がふるえを帯びている。

「しばらく動けないようにするだけでいい、と言った。元行のやつが、無茶やりやがったんだ」

「よほど、雑誌のことを探られるのがいやなようだな」

「知られちゃならない。絶対に知られちゃならないことだと、親分《おやじ》さんは思ってる。自分のためじゃないんだ」

「誰のためだ」

高樹は、堀のそばにしゃがみこんだ。

「喋らせるのは、難しくない。場合によっては、射殺される覚悟もしておけよ、堀。殺人未遂からは、逃れようもないからな」

「旦那」

堀が高樹を見つめてきた。

「襲われることを、知ってたんですか？」

「富永が、宮部にビールを買いに行かせた」

「それだけで」

「カンに命を助けられたことが、何度もある」

貧しい部屋だった。赤い小さなテレビが、ひとつだけ豪華なもののように見える。

「おまえは、ある程度は知っている、と私は読んでる。喋りたくない気持というのはわかるが、どうせ喋ることだ。はじめに、それだけは教えておくよ」

「俺は、なにも知らんですよ」

「それならそれで、苦しい思いをするというだけのことだ」

「連れていかないんですか、旦那？」

「留置場でのんびりしようというのは、虫が良すぎるな」

「御存分に、としか言えませんね」

「私も、気持は重いよ」

高樹は腰をあげた。台所の、流しの下を覗きこんでみる。庖丁《ほうちょう》があった。それで、高樹は万年床のシーツを裂いた。タオルほどの大きさのシーツを、口に押しこむ。細く裂いたシーツは、縒《よ》って紐にし、堀の手首を縛りあげた。

堀はじっと高樹を見あげている。口に押しこまれたシーツで、もう喋ることはできない。どこか、悲しげな眼だった。

テレビのスイッチを入れた。いくらか、ボリュームを大きくした。堀の片方の靴下を脱がせた。流し台の下の袋の米を、一合ほど靴下に入れた。

堀の頭頂を、それで軽く叩きはじめる。憂鬱だった。刑事になってから、何度かこの手を使った。外傷をまったく残さず、頭の中のものを吐き出させてしまえるからだ。しかし、心だけ毀す可能性がある。喋ったあと、前と同じ人間ではなくなってしまう場合がある。やり方としては、残酷なものだった。

開いていた堀の眼が、閉じられている。膝が、かすかに動く。五分それを続け、次には十分続けた。汗。堀の額に浮かんでいる。全身にも、滲《にじ》みはじめている。あっという間に、それが噴き出すような感じになった。それでも、高樹はしばらく打つのをやめなかった。

堀の全身が痙攣《けいれん》する。高樹はようやくそこで打つのをやめ、大きく息をついた。

第三章

1

窓から、外を眺めていた。

秋の色は、一日一日濃くなっていく。朝は、コートなしでは肌寒く感じられるほどだ。

朝一番に、一課長に呼ばれた。

大した話ではなかった。二つの継続捜査の解決を労《いた》わられたのと、捜査チームをひとつ持ってみないか、と提案されただけだ。四十四歳の、高樹から見るとまだ若造の課長だった。捜査チームを持つことは、断った。継続捜査に、チームを投入することはできない。事件発生とともに、現場へ駈けつけるのがチームだ。それほどの体力はなく、機動性を必要とされるチームより、継続捜査の方が老人には合っているだろうと言うと、課長は納得したように頷いた。儀礼上、一線への復帰を申し入れただけのようだ。

本庁のこの部屋で刑事生活を終ることに、大した不満はなかった。一線にいて、現場を飛び回っていたとしても、やはり不満など抱きはしなかっただろう。

時々、犯罪ではなく、犯人でもない、まったく別のなにかを、追いかけているような気になることがあった。それがなんであるのか、具体的に見えてきたことはない。ただ、最近その気持が強くなっている、と思うだけだ。

幻でも追いかけているのか。とすれば、それはなんの幻なのか。見えそうだと思っても、見えはしない。ことさら見ようとも、していない。いつか、見えてくるはずだ。そういう予感はある。

電話が鳴った。松井直子の声。

「森口は、森口商会という会社をやっていて、風俗営業の方では新興勢力のひとつに数えられてます。雑誌も、その方面のものだったのではないかと、考えられますわ。これから、あの印刷屋にもう一度行ってみますが」

「池袋の様子も、見てきなさい」

「わかりました。警視は、ずっと部屋におられますか？」

「わからんな。いない場合は、報告のメモでもいいからデスクに置いておいてくれ。出かけても、一度は戻るつもりだ」

また、高樹は窓際に戻った。昨夜、堀の頭を打ち続けた時のいやな感触が、まだ手に残っている。口に詰めたシーツを引き出し、米を入れた靴下でまた打ちはじめると、堀は質問する前に喋りはじめた。戦前の特高警察の一部で、常套《じょうとう》的に使われたというその方法は、躰に痕跡を残さない分だけ、心に痕跡を残してしまうものだろう。気分的に、ひっかかっているだけだ。手など、もともと汚れている。いまさら汚れたなどと、指さきを拭ってみるのは偽善というものだ。

二本ほど、煙草を喫った。

深入りすることになる。そう思った。間違いなく、富永をもう一度刑務所に送ることになるだろう。仕方がなかった。高樹はハンガーから上着をとると着こみ、部屋を出た。

外は、肌寒い風が吹いていた。

東京駅まで歩き、熱海行きの新幹線の切符を買った。五分も待たずに、乗りこむことができた。動きはじめる。座席で、高樹は眼を閉じた。

熱海へ行けば、必ずなにかがある。それはわかっていた。ふだんなら、なんの躊躇《ちゅうちょ》もなく飛んで行っただろう。なにか、ひっかかるものがある。足を重たくしているものがある。それがなにか確かめる前に、新幹線に乗りこんでしまっていた。

眠った。ほんとうに眠りこんだ、とは言えないだろう。眠りながら、思い出しているものがなんなのか、明確に認識していた。刑事になったばかりのころ。はじめて手錠を打った犯人の顔。警察学校での生活。なぜ、警察学校へ行こうと思ったのか。刑事という職責を果たすため、殺した人間が何人もいる。殺したのは、それだけではなかった。

一歩間違えば、やくざ者だっただろう。きわどいその一歩を、自分の力で踏みとどまったのではなかった。

いつの間にか、眼を開けていた。窓の外を飛び去っていく景色に、ぼんやりと眼をやっていた。

熱海に着いた。

タクシーの運転手に、高樹は病院の名を告げた。堀が吐いたのは、病院の名までだった。つまりは、そこまでしか知らなかったということだ。

中心街からはずれ、しばらく海沿いを走った。連休のせいか、東京より車が多いほどだった。ところどころ、渋滞もしている。

ようやく、病院に辿り着いた。

「河村康平氏の病室は？」

「御面会ですか？」

出入口のチェックは、かなり厳しいようだ。

「富永といいます。富永利男」

守衛が受話器に手をのばした。三階の八号室。守衛の指の動きで、高樹はそれを読みとった。

「降りてくるそうですから、ロビーで待ってください」

頷き、高樹は奥のロビーへ入っていった。ゆったりとテーブルと椅子が置いてあり、三組ほどが談笑していた。面会に来た人間なのだろう。窓が海にむかって開いていて、海際のホテルのロビーにでもいるような感じだ。

病院のせいなのか、喫煙は禁じられていた。それが、かすかに苦痛になってくる。

若い男が、ロビーを覗いた。河村康平ではないようだ。高樹は、軽く片手を挙げて合図した。その男の眼配りに、病院に似つかわしくはない鋭さがあったからだ。

男が近づいてきた。身のこなしに、隙はなかった。筋者とは、どこか雰囲気が違う。けものの匂いだけが、ただ強かった。

「富永利男の名前を、なぜ使ったんです？」

どこかで会った、と高樹は思った。それもずっと昔にだ。わけのわからない感情が、波のように押し寄せてくる。じっと、高樹は男を見つめ続けた。

「なぜか、と訊いてるんですよ」

高樹は椅子から腰をあげた。

「外へ出ないかね？」

「なぜ？」

「煙草が喫いたくなった。ここじゃ、駄目らしいんでね。病院は、いまじゃどこもそうだね」

「おかしな人だ」

「なにかひどく、煙草を喫いたいんだ」

「庭に、灰皿がありますよ」

男が、先に立って歩きはじめた。どこで会ったのか。捜査でちょっと出会った、という感じではない。後ろ姿からさえ、高樹の心に触れてくるなにかがある。そのくせ、具体的には、なにも思い出せないのだ。

　庭のベンチに腰を降ろし、何度もライターを鳴らした。ようやくゴロワーズに火がつく。吐いた煙は、海の方へ流れていった。

「教えていただきましょうか、なぜ富永の名を騙《かた》ったのか？」

　男は、グレンチェックの地味な色の上着に、白いシャツを着ていた。三十をいくつか出たぐらいだろうか。落ち着いた眼だ。しかし、けものの眼だ。

「河村康平氏は、君の？」

「河村は社長になりますが」

「心臓で倒れられたんだね？」

「なんのために、社長のことを訊かれます。それも富永の名を使ってだ」

「富永をよく知っていてね。なにしろ、手錠をかけたのが、私だったから」

「警察の方ですか」

男の口もとに、かすかな笑みが浮かんだ。動じた容子《ようす》はない。

「やがて、また富永を逮捕《あげ》ることになると思うんだが」

「富永は、やくざ者でしょう。やくざ者であるかぎり、いつかはそうなるんでしょうね」

「昔と違って、いまは懲役《つとめ》をうまく逃れるやくざ者が多い。前科《まえ》が勲章である時代ではなくなったのかな」

「御訪問の目的は？」

「君も、やくざ者かね？」

「それを訊くのが、目的じゃないでしょう」

「目的は、なにもないんだよ。できれば、河村康平氏に面会したい。そう思って来たんだが、現われたのは君だった」

「私も、来たばかりですよ。そういう時でよかった。私がいる時でね。いきなり病室のドアを開けられたんじゃや、社長の心臓には悪いでしょうから」

高樹は、灰もきれいに灰皿に落とした。その手もとを、男がじっと見つめている。高会ったことがある。ずっと昔に、間違いなく会った。そして、なにか強い印象を、高樹の心に刻みこんだ。しかし、なぜ思い出せないのか。昔とは、どれほどの昔なのか。

「名前は？」

「お答えする必要はないでしょう」

「個人的な関心なんだがね」

「じゃ、なおさらだ。警察手帳を突きつけられたら、別ですがね」

手帳を出そうという気が、高樹には起きなかった。それも、なぜだかわからない。

「私は、高樹良文《よしぶみ》と言う。警視庁の捜査一課にいてね。もう三十年以上も、そこにいる。その間、凶悪犯ばかり追ってきたわけさ」

「大変な仕事ですね」

「君とは、どこかで会ったと思うんだ。いま私が手がけている事件とは別のところでね。ただ、どうしてもそれが思い出せない」

男はなにも答えず、海の方へ眼をやった。晴れているが、海は冷たそうな色をしていた。秋の色だ。水平線まで、船の姿はない。

「河村康平氏について、少し話してくれないか？」

「入院中です。それが、いまの状況ですね」

「手帳に物を言わせてもいいんだが」

「令状もないのに、どうやって？」

「やり方は、いくらでもあるよ。その気になれば、いくらでも捜せる」

「そうかもしれませんね」

「こっちも、あまり不愉快な真似はしたくない」

「心筋梗塞ですよ。かなり危険で、いまも予断を許しません。三本ある血管のうち二本が、ほとんど詰まってしまっている、と医者は言ってましてね」

「いつだね、倒れたのは」

「二週間ほど前でしたかね。ここの病院には前も入ったことがあって、本人が望んだんですよ」

「かつて、株の仕手筋で名が出た人でもあるそうだが」

「昔、でしょう。そのころのことは、ほとんど知りません」

喋りながらも、男はまったく隙を見せなかった。どうでもいいことを、高樹は質問していた。男が漂わせている気配。どこかで、それに接している。やはり、思い出せなかった。いま自分の中にあるのは、警戒する気持ではない、と高樹は思った。それは、不思議なことでもあった。

「富永利男を、知ってるんだね？」

「社長も、名前ぐらいなら、知っているかもしれません」

「むしろ、君と親しいということか。弟の富永典男は？」

「よく知っていましたよ。兄貴より、ずっとよくね」

「むしろ、弟の友だちってわけか」

もう一本、高樹はゴロワーズをくわえた。男は、高樹の掌の中のロンソンに、じっと眼をむけている。十数度鳴らして、ようやく火がついた。

「おかしいな」

男が、かすかに笑みを浮かべた。

「そのライター、どこかで見たような気がしますよ。あなたの記憶は、どこを捜してもないんですがね」

「このライターを知ってるってことは」

老いぼれ犬の噂を聞いたことがある人間だ。そして恐れたことがある人間だ。つまりは、犯罪者なのだ。その言葉をすべて、高樹は呑みこんだ。胸を衝いてくるものがある。

視界が白くなった。心も、白くなった。高樹は眼を閉じた。なぜだ。問いかける。答えてくる者は、誰もいない。

煙を吐く。それすらも、なにかを思い出させた。煙が、煙ではなくなっていた。

「なんですか、それは?」

「これか」

鼻唄をやっていることに、高樹は気づいた。

「癖でね。評判は悪いが、どうしても直せなかった」

煙草を消した。

「済まんが、名前を教えて貰えないだろうか？」

「田代。田代和也」

「悪かったね。私はもう、東京へ帰る」

　腰をあげた。

　海はどこまでも鮮やかで、陽の光を照り返していた。足が重い。全身を気怠《けだる》さが包んでいた。それをふり払うように、高樹は歩きはじめた。

　田代和也は、病院の玄関まで高樹を見送ってきた。

　タクシーなど、簡単には見つかりそうもない場所だった。十分ほど、高樹は車の多い街道を歩き続けた。

　心に、白い部分がまだ残ったままだ。そこを彩るべきものがなんなのか、高樹には痛いほどよくわかっていた。因縁というやつなのか。なぜ、ここまで来てしまったのか。

　複雑なことを、考えたりはしなかった。ひとつのことだけを、考え続けているだけだ。自分の手。どうしようもない、思いの中に浸し続けて、汚れきった自分の手。握りしめる。開く。それで摑めるものは、なにもなかった。すでに失われた命。それだけを、高樹は摑もうとしていた。

　ようやく、空車がやってきた。

「しばらく、走ってくれないか。海沿いの道がいい。それから、どこか駅で降ろしてくれ」

「駅って言われたって」

「いいんだよ。とにかく海沿いの道だ」

車が動きはじめた。

高樹は、窓ガラスに顔をつけるようにして、流れる外の景色を見ていた。時間が通りすぎるように、景色は通りすぎていかない。過去のある瞬間のように、景色がひとつだけ脳裡《のうり》にしみつくこともない。

「熱海へは、観光ですか、お客さん？」

「そんなもんかな」

「宿は、もう決まってる？」

「ああ」

決まっていないと答えれば、運転手は宿を紹介しようとするだろう。それは面倒だったが、運転手の声が気持を紛わせてくれるところもある。

「そろそろ、人が多くなる時季かな」

「熱海に、あんまり季節はありませんや。いつも、人は多いですよ。いまは連休だし、特に多いね。俺らにゃ、稼ぎ時だけど、道が狭くて車が多いし」

「ままならないってやつだな」

「まったくね」

「まあ、人生ってのが、そういうもんだ」

高樹は煙草に火をつけ、窓ガラスを少し降ろした。松林の中の道を抜け、防波堤のそばを走った。海上に、ウェットスーツで身を固めたサーファーの姿がある。

「もの好きだな」

「冬でも、やつらはやってきますよ。逆に、夏だと海水浴客が多くて危険だしね」

波はそれほど高いようには見えない。

会話が途絶えると、考えることはひとつだった。別の話題を見つけようとしたが、なにも浮かばなかった。

吐いた煙が、少しだけ開けた窓の隙間から、吸い出されるように外に流れていくのを、高樹はただじっと眺めていた。

2

土曜も日曜も、高樹は本庁の部屋にいた。

松井直子とは、擦れ違いで会っていない。森口の周辺を、松井は洗い続けているようだ。熱海から戻った時、デスクには簡単な報告のメモがあった。森口商会は風俗産業の会社だが、雑誌はそれとは離れたところで作られようとしていたらしい。

雑誌というものにどういう利権があるのか、松井は調べようとしているらしい。考えてみれば、二人の人間が死ななければならないようなことは、なにも見つからない。それをめぐって殺し合いをすることの方が、奇妙なことだった。

雑誌に付帯しているなにか。あるいは、雑誌とはまるで別のもの。それがあったと考える方が自然だった。ただ、高樹にはもう、これ以上掘りさげていこうという気持が失《う》せかかっていた。

なにをどう調べたとしても、結局は沖山殺しの犯人《ホシ》を手繰り出すということになる。それは避けたかった。捜査本部を出し抜く恰好になるというだけでなく、触れない方がいいというカンのようなものがあるのだった。

なぜこんなところに入りこんでしまったのか、ということについて何度も考えた。自分から、踏みこんできた。いろいろなものが繫がり、絡み合って、結局はここへ来た。因縁のようなものだ。いままで、そんなことを深く考えたことはなかったが、人生にはどうにもならない因縁というものはある。

田代和也の、強いけものの匂いが蘇《よみがえ》ってくる。田代幸太の、父親の匂いと同じものだ。そして、高樹自身が漂わせていた匂いとも、同じものだと言っていい。

電話が鳴った。松井直子からだ。

「御自宅に電話したんですが、出られたということだったんで」

「このところ、擦れ違いばかりだな」

「森口がやろうとしていた雑誌についてですが、どうも有力な代議士まで絡んでるみたいなんです。沖山が、富永典男殺しを抗争という恰好にしたのは、その代議士の名前が出ることを防ぎたかったからじゃないか、と思いますわ」

「もういい」

「は？」

「もう、やめて戻ってきなさい。すべては終りにする」

「どういうことなんです。圧力がかかったということですか？」

「それは自由に解釈すりゃいい。とにかく、われわれがもともと抱えていた、継続捜査をまたはじめることになった」

「なにかが、わかりそうなんですよ、警視。そうしたら、捜査本部よりさきに、あたしたち二人だけで、沖山殺しの犯人《ホシ》を逮捕《あげ》られるかもしれないんです」

「それがよくないのさ。捜査本部を出し抜いたりしちゃいかんのだ」

「納得できません、あたし。捜査本部の捜査の邪魔なんかしてないし、二人だけでここまで調べあげたのに、急にやめろなんて。そんな圧力は、納得できません」

「命令だとだけ、言っておこう。戻らないなら、私のデスクにある君の辞表を、正式に受理してもいいんだよ」

「そんな。あれは、この件について書いた辞表じゃないんですよ」

「辞表は、辞表さ」

「警視まで、一緒にあたしに圧力をかけるんですか」

「命令を理解する冷静さを、失ってしまったのかな」

「落ち着いてます。命令が理不尽だと思うから、抗議してるだけですわ。せっかくのチャンスを、こうやって見逃してしまうのが、くやしいんです」

「命令だ。もう二度とは言わん」

電話を切った。

煙草に火をつけた。窓際に立って、外に眼をやる。連休の最後の日の都心には、人の姿がほとんどなかった。圧力ということになるのか。松井はそう感じたのか。手を引く理由を、説明した方がいいのか。しかし、どうやって説明すればいいのか。

代議士が絡んでいる、と松井は言った。それで見えてくるものが、かなりある。まず、河村康平とその代議士の対立からはじまった、という可能性が一番強いだろう。そこで富永典男が雑誌を作ろうとしていて、殺された。沖山が、自分の直系の若い者を自首させてまで、抗争というかたちに持っていったのは、代議士の名が出ることを防ぎたかったからだ。沖山が雑誌を森口にやらせようとしたのは、雑誌自体にも価値があったからだろう。それをやるのが、代議士の意志でもあったのかどうかは、わからない。河村が心臓で倒れ、それから沖山が殺された。

煙草が短くなっていて、床にポトリと灰が落ちた。

高樹は、ティッシュペーパーで、何度もくり返してそこを拭った。

外へ出た。出たところで、どこへ行く当てがあるわけでもなかった。皇居の周囲を、ゆっくりと歩いた。濠の上を渡ってくる風は、かなり冷たい。ポケットに手を入れた。晴れた日だ。このところ、天気は安定していて、雨が降りそうな気配はなかった。有楽町のあたりまで歩くと、人は多くなった。しばらく人の波に紛れて歩き、それから高樹は地下鉄の階段を降りていった。

なにをやろうとしているのか。何度も問いかけた。問いかけなくても、自分がやろうとしていることぐらい、よくわかっていた。その先の問いかけを、したくないだけなのだ。ここからさらに進むと、どこへ行き着くのか。誰とむかい合うことになるのか。

ドアのそばに立っていた。窓ガラスには、はっきりと自分の姿が映っている。ネクタイは緩んでいない。スーツも、くたびれてはいない。いくらか派手なネクタイをするのは、万里子が若かったからだ。十歳下といっても、世間ではめずらしいというほどではないだろう。自分が、老けて見られると思っていた。三十の時から、四十近いと人は見たのだ。ネクタイで若返る。そう信じたわけではない。ただ、ほかには髪を染めるぐらいしか思いつかなかった。

平和な顔をしている。ふと、そう思った。どこか、平和で、穏やかな、家畜の生活でもしているような表情だ。

けものだった。その時の表情を、鏡に映して見ることはなかったが、心はいつもけものだった。犯罪者は獲物で、自分のやり方で狩をしてきたのだ。いつから、家畜のような表情をするようになったのか。それが自分には許されていいことなのか。

池袋に着いていた。

捜査四課から手に入れた、沖山の身内についての資料は、しっかり頭に入っている。駅前は人が多かった。ひとつの方向にむかって、高樹は歩きはじめた。それがどこへ行き着くか、もう考えないことにした。けものは、獲物の匂いを追うだけなのだ。それは本能と言ってもいい。

小さな不動産屋。ビルの二階にあって、ちょっと見ただけではわからない。

「部屋はねえよ。四カ月か五カ月待って貰わなくちゃ、うちじゃ部屋はねえんだ。帰ってくんな、おっさん」

チンピラだった。同じようなのが、三つ雁首《がんくび》を並べている。

「じゃ、不動産屋の看板は降ろすんだな。どうせ、宅建の免許なんか、どこかで借りてきてるんだろう」

「なんだよ。いい度胸じゃねえか。喧嘩《けんか》でも売りにきたのか、おめえ」

「相手がチンピラじゃ、喧嘩って気にもならないな。もっとましなのはいないのか？」

三人が立ちあがった。手帳を見せればいい。そう思ったが、高樹はポケットに手を入れたままだった。なにかを待っていた。相手が殴りかかってくる瞬間。違う。自分がけものになる瞬間。

ひとりが、高樹の胸ぐらに手をのばしてきた。払いのけると同時に、高樹はその男の股間を蹴りつけた。躰を回す。右手をポケットから抜く。同時にやっていた。銀色の光が視界を走った。首筋。残りのひとりの腹。それで終りだった。うずくまった三人のポケットを探る。匕首《ドス》が一本出てきただけだ。

「畑は、いつ戻る？」

首筋を打った男は、意識はしっかりしていた。下半身が痺れたようになっているのだ。

「答えろよ。これ以上、痛い思いはしたくないだろう」

「まだ来てねえんです」

「いつ来るんだ？」

「もう来ます。俺たち、待ってんですから」

男の首筋に、肘を叩きこんだ。呆気《あっけ》なく、男は気を失った。

電話だけ置いてあるデスクに匕首《ドス》を載せ、高樹は椅子に腰を降ろした。場違いに、金庫がひとつあった。しっかりと、扉は閉じている。

五分ほど、待っただけだ。ひとりはまだうずくまったままで、二人はしゃがみこんでいた。

「畑だな？」

扉を押して入ってきた男に、高樹はデスクに腰を降ろしたまま言った。

「なんだ、てめえは？」

大して胆《きも》の太い男ではない。事務所の中の状態を見て、足を竦ませたようだ。

「こっちへ来い。ここで面倒になると、おまえは確実に手錠《ワッパ》をぶちこまれるぞ」

高樹は、左手で手帳を出した。

「畑だな？」

男が頷いた。高樹は腰をあげ、畑のそばに立った。胸の内ポケットに手を入れる。模造銃が出てきた。三、四発撃つと、分解してしまいそうな代物だった。

「こんなものを持ってると、それだけで逮捕されることを知ってるな」

「旦那、そんな」

「金庫を開けてくれるか。そこに、同じようなのが二つ三つはある、と私は読んでる」

「それは」

「いやだろうな。はじめから若い者《もん》に持たせるほど、信用はできない。いつ潰されるか、怕くもある。沖山が死んじまうと、肩で風を切ってた分だけ、惨めでもあるな」

「俺を、逮捕《パク》るんですかい、旦那？」

「おまえ次第だ。私の質問に、答えてくれないかな」

「そりゃ、知ってることなら」

「おまえが、よく知ってることさ。外へ出ようか。若い者《もん》が騒ぐと、ほんとに手錠をかけなきゃならなくなる」

　畑が頷いた。富永と大して変らない歳だろう。肚の据り方は、大違いだ。威を借りていた虎が、いなくなってしまったというところか。

　近所の喫茶店へ入った。

「おまえが答えれば、模造銃は返してやる。なにもなかったってことだ。ガセを掴ませようとはするな。いま、おまえを苦しいところへ追いこむのは、簡単な話だからな」

「旦那は、捜査一課の」

「高樹という。老いぼれ犬とも呼ばれているがね。どういう刑事《でか》か、噂ぐらいは聞いてるだろう」

　かすかに、畑が頷いた。

「森口のことを喋ってくれ。雑誌のこともな」

「野郎のことですか、旦那が知りてえのは。親分《おやじ》が殺《や》られてから、野郎は電話もしてきやがらねえ。俺の、義理の兄にも当たるんですぜ」

高樹は、煙草に火をつけた。めずらしく、二度目で着火した。

「俺が電話しても、居留守なんでさ。俺が親分《おやじ》と繋いでやったってのに」

「ま、親分《おやじ》がいなくなりゃ、掌を返す。世間なんてのは、そんなもんだ」

畑が、煙草に火をつけた。コーヒーを半分ほどひと息で飲んで、続けさまに煙を吐く。苛立ちの出口を見つけたという感じだ。沖山が殺されてから、この男にとってはなにひとつとして、うまくは運んでいないのだろう。

「雑誌ってのは？」

「もうできねえんだから、言っちまってもいいんですがね。秋吉先生の後援会の雑誌なんでさ。会員に配るやつでね。一冊百円で、年に六回出る。一万五千とか言ってました」

「それが、おいしい仕事だったのか？」

「そりゃね。選挙区の企業とか商店とかの広告が出て、それで年間五千万になるんでさ。うまくやりゃ、税金はちょっとで済むらしいし、親分《おやじ》は野郎にそれをやらせようとしたんでさ」

雑誌を出すだけで、五千万。沖山は、組とは別の資金が欲しかったはずだ。組の資金は、幹部の同意がなければ使いにくいところがある。競《せ》り勝って跡目を取ったと言っても、絶対的な権力を握るには、まだ越えなければならないものが、いくつもあったことは想像できる。そのために必要なのが、自分でどうにでもできる資金だ。五千万といえば、少ない額ではないだろう。

「秋吉というのは、秋吉英一のことか？」

「そうですよ。大臣やったこともある」

秋吉英一が、五千万をドブに捨てるような真似をするだろうか。その金で沖山を飼うことによって、もっとなにか別のことを狙っていたのか。それとも逆に、沖山にそれだけの金を毟《むし》り取られる弱味があったのか。

雑誌は、沖山が富永典男から奪った恰好になっている。とすると、富永典男も同じような雑誌を目論んでいたことになる。雑誌の、形式上の金主が河村康平なら、河村と秋吉の関係はどういうものだったのか。

雲を摑むようだった話が、おぼろに見えはじめた。はっきり見えている部分から、引き摺《ず》り出していくしかない。

高樹は、ポケットの中の模造銃の握りをハンカチで拭い、そのままハンカチを被せて出した。

「これは返そう。ポケットに入れて、ハンカチだけ出せ」

畑が、かすかに頷き、周囲に眼を配ってハンカチごと銃を摑んだ。その手が、かすかにふるえている。

畑が立ち去っても、高樹はしばらく喫茶店を動かなかった。

沖山が死んだことによって、誰が得をしたのか。富永典男が殺された時のことから、順を追って整理をしてみる。見えていたものが、もう少しはっきりとしてきた。

かすかに、鼻唄をやっていた。沖山殺しの犯人《ホシ》を逮捕《あげ》るだけでは、済みそうもないという気がしてくる。

因果な癖だ。呟いた。すでに首を突っこんでしまっている。

腰をあげた。首を突っこむ自分の癖を、いままでほんとうに因果だと感じたことはなかった。今度だけは、違う。自分を高揚させるものがなにもなく、滅入《めい》らせるものがあるだけなのだ。

それも仕方がない。刑事として生きてきた。その結果が、そうなのだ。

田代和也。もうひとりの田代と、和也の父親であった幸太と、頭の中で重なっている。そしてもうひとりの和也、戦後の焼跡でむなしく死んでいった和也の幼い死顔とも、いやおうなく重なっていく。

3

タクシーを降りた。

森口商会は、高田馬場のビルの一室にあって、二十人ほどの事務員を抱えている。店の従業員も含めると、かなりの数になるだろう。

森口の自宅は、そのビルから四百メートルほどしか離れていない、マンションの最上階だった。

高樹は、郵便受けのプレートを確認すると、エレベーターに乗って十二階を押した。すでに、走りはじめている。以前の自分が、けものであったころの自分が、蘇っている。部屋の前に立った。チャイム。何度か押す。応答はなかった。いやな予感が、胸の中を走った。こういう予感は、はじめてではなかった。高樹はそのまま踵《きびす》を返し、一階の管理人室へ降りて行った。

手帳の威力に、管理人の老人は無抵抗だった。最後に森口夫妻を見かけたのは、十一月三日の金曜の午後だったという。高樹が、熱海に行っていた日だ。

マスターキーでドアを開けた。ドアチェーンは、かかっていなかった。かすかな臭気。

「下から、警察へ電話をしてください。変死だとね」

「それじゃ」

「屍体《したい》の臭いだ、これは」

管理人が、慌ててエレベーターへ走りこんでいった。

高樹は、慎重に靴を脱いで部屋へ入った。入口のところに、争った跡がある。血痕もいくつかあった。四ＬＤＫの、豪華なマンションだ。家具調度も、いかにも高価そうなもので揃えられていた。二十畳ほどあるリビングの絨毯《じゆうたん》の上に男がひとり、隣室との境のところに、女がひとり、倒れていた。女は、背中からひと突きにされているが、男は傷だらけだった。森口夫妻だろう。ハンカチで包んだ手でノブを回し、高樹はほかの部屋も調べた。夫妻で寝室は別だったのか、ベッドルームが二つあった。あとの二つは日本間で、ひとつには茶のための炉が切ってある。

森口の寝室らしい部屋の、物入れがぶちまけられていた。それ以外に、荒されたところは見当たらない。

パトカーが到着し、しばらくすると鑑識もやってきた。外はもう暗くなりはじめていて、鑑識課員が部屋の電気をつけていった。所轄の刑事たちは、高樹の指示した通りに動いている。本庁の一課の警視が第一発見者であるということが、彼らを戸惑わせているのだろう。

ひと通りのことを終えて高樹が本庁の部屋に戻ってきたのは、九時少し前だった。

松井直子が待っていた。

「森口が殺され、その第一発見者が警視だったそうですね」

冷静な口調だが、感情を抑えていることはよくわかった。高樹はデスクに両肘をつき、煙草をくわえた。ロンソンの着火は悪かった。三十年近く、このライターを使ってきた。くれたのは、田代和也の父の幸太だ。幸太は、高樹自身の手で射殺した。

「どういうことか、説明していただけますか」

「説明することは、なにもない。森口に会うつもりで行ったら、殺されていた。それだけのことだ」

「この件については、すべて打ち切りと言われたばかりじゃありませんか。その後、森口を訪ねたんですか？」

「そういうことになるな。ちょっと気になったんでね」

「じゃ、捜査は続けるんですか？」

「やめる」

「納得のできる説明になっていないと思いますわ」

「だろうな。だが、やめるよ。君はなかなかいいところまで調べた。しかしこれ以上は、やめると決定した」

「誰がです？」

「私がさ」

松井の眉が、ちょっと動いた。ヒステリーでも起こしてくれれば対処のしようもあるが、感情の激発を抑える術《すべ》は知っているようだ。松井に手伝わせてもいい、という気持がどこかにあった。しかし、危険だ。しかもその危険は、高樹が個人的な動機で踏みこんでいく場所にあるのだった。

「森口夫妻の事件についても、捜査本部が置かれると思いますが、警視はそこに入られるんですね。第一発見者だし」

「入らんよ」

「なぜです?」

「私は、いくつか仕事を抱えているんでね。それを片付けるのが先決だろう。第一発見者としてするべきことは、全部済んだ」

「おかしいですよ、絶対に。あたしが女だから、足手まといになると考えておられるんでしょうか」

「やめると決めたことなんだよ、松井君。諦めたまえ」

それ以上、高樹はなにも言わなかった。椅子をくるりと回して、窓の方に眼をやった。暗くて外の景色は見えず、高樹の姿が映っているだけだった。松井が頭を下げて出ていくのも、高樹は窓ガラスの中で見た。


翌朝一番に、課長室に呼ばれた。

予測していたことだ。立ちあがって部屋を出ていく高樹を、松井が黙って見送っている。

部屋で待っていたのは、課長ひとりだった。高樹にとっては、何人目の課長ということになるのか。出世のことを第一に考えるタイプなのか、事件そのものに、なりふり構わずぶつかっていくタイプなのか。その中間なのか。こういう話合いの時に、それが一番よくわかる。

「きのうの事件ですがね。第一発見者があなただとはね」

「継続捜査は、情報が頼りでしてね。その過程で、屍体にぶつかってしまったという感じでした」

「成行上、捜査本部の指揮は、高樹さんが執るべきではないか、と思いますが」

「やめておきましょう。普通の強盗殺人事件として、定石通りの捜査をした方がいいと思います」

「つまりは、ほかの見方をしているわけだ」

さすがに、鋭かった。高樹が森口のところを訪ねたのも、ただの情報集めとは思っていないだろう。しかし課長の顔には、どういう表情も浮かんでいない。

「細かい説明は面倒だし、確認できていない部分も、かなりあります。いまの段階で、課長はなにも御存知ない方がいい」

「ほう、なぜです？」

「圧力がきますよ。いやなところから。その時は、私の独断専行ということにしていただいていいんです。そのためには、なにも知らないでいることですよ」

「圧力の不愉快さは、私も身に沁みていましてね。正面からぶつかるより、うまく身をかわしながら、という方が賢明だとも思っています。ある人とそれについて議論して、敗北主義だと決めつけられましたがね」

「圧力は現実にあって、ひとりでは抗しきれないことが多いのではありませんか？」

「まさにね。私が抵抗しても、もっと上で折れてしまう。警察というのは、縦の関係を崩すなどということは、およそ考えてはいけないところですからね」

「なにも知らないのが、賢明ですよ」

「それでは、私がすべてをあなたに押しつける、ということになってしまうな。せめて、圧力の出所ぐらいは知らせておいてくれませんか。それで、長官や総監をなんとかできることがあるかもしれないし」

「代議士の秋吉英一氏です」

「大臣経験者だな」

高樹は、煙草をくわえた。何度かライターを鳴らす。課長が、ものめずらしそうにそれを見ていた。課長は煙草を喫わない。警察の中枢に昇っていく幹部で、喫う人間を高樹は数えるほどしか知らなかった。それに較べて、下にいる人間は半数以上が喫う。特に刑事部ではそうだった。

「政治家の愚劣さが、いつかこの国を滅ぼしかねないな。そう思いませんか、高樹さん？」

「警察幹部で、政治家になった人もいないわけじゃありません」

「検察に、踏ん張って貰うしかないのかな。とにかく、愚劣きわまりないことがある」

「じっとしているしかありません。なにも知らずにね」

「歴代の課長は、そうでしたか？」

「大部分の方は、というところですか。本来、捜一の仕事に政治家が絡んでくることなど、あまりないんですが、不思議に私の刑事生活では多かったという気がします」

「突きつめるからだな、それは。犯人《ホシ》だけ逮捕《あげ》ればいいものを、背後まで突きつめようとする。すると、政治家の顔が見えてくるというわけですよ。警察官としては、高樹さんのやり方は敬服に値するが、利巧とは言えませんね、正直なところ」

「私も、そう思います。ただ、もう身についたやり方というやつでしてね」

「わかります。圧力があった場合は、できるだけ私のところでかわしましょう」

それ以上のことを、課長はなにも言わなかった。中間を行くというタイプだ。これまで、責任はすべて自分で取ると言って、高樹の独断専行を許した課長は、ひとりしかいない。だから高樹も、ちょっとした罠《わな》に似たものを仕掛け、課長をそこに引きこんで、共同責任という保険をかけることが多かった。

今回だけは、それをやろうという気にもならない。

部屋へ戻ると、高樹は三カ所に電話をした。捜査員を使わない以上、自分の情報網に頼るしかない。森口殺しの正式の捜査は、所轄署に置かれた捜査本部が進めるだろう。

「車で、出かけられますか？」

「そうする」

「運転手がいた方がいい、と思いますが」

「いらんよ。ひとりでいい」

松井の方は見ず、高樹は部屋を出た。

午後二時過ぎまで、いろんな連中と会っていた。集められるかぎりの情報。それでも足りはしないが、いくらか動きやすくはなった。

河村康平事務所は、新橋のビルにあった。デスクが十人分ほど並んでいるが、三人の事務員しかいなかった。応対に出てきたのは、田代和也だった。

「お茶でも飲まんかね、田代君」

「いずれ、なにかの御用なんでしょうね」

白い歯を見せて、和也が笑った。はっとするほど、幸太に似た笑顔だ。ちょっとうつむくと、里子の面影もある。

ビルの地下の、喫茶室でむかい合った。

「老いぼれ犬と呼ばれている、名物刑事だそうですね、高樹さん」

「もう、ほんとに老いぼれちまってるさ。ところで、おたくの先生の容体は？」

「まあ、大丈夫でしょう。なかなか運が強いところもある人でしてね」

「秋吉英一氏の方が、もっと強い運を持ってるのかもしれんな。新聞に出ていたかもしれんが、森口が殺《け》された」

「どういうことです」

　眼に、冷たい光が宿った。幸太は、いつもどこかで熱いものを持て余していた。性格は少し違うのかもしれない。

「富永利男、典男兄弟。沖山。そういうところを探っていたら、森口の名前が浮かび、河村氏や秋吉氏の名前も見えてきた」

「それで？」

「それだけだよ、いまのところ。森口はなにかを持っていた。それは、奪われたね」

　煙草に火をつけた。和也は、ライターにじっと眼を注いでいる。このライターを幸太から貰ったのは、六十年安保の年だった。和也は三歳で、高樹は一度だけ和也に会っている。

「河村氏と秋吉氏の間には、なにか対立があったのかな？」

「どうでしょうね。河村も、敵が少ないというタイプの人間ではありませんし」

「殺された富永典男と河村氏は、相当に親密な間柄だったようだね。富永が出そうとした雑誌の金主は、河村氏だろう」

「私も、親しかったですよ。兄弟以上だった、と言ってもいいでしょう。私は小学生のころから、富永は中学に入った時から、河村に育てられたようなものです。二人とも、親がないようなものでしたから」

「富永利男は？」

「荒っぽい男で、やくざ者に堕《お》ちていった人間ですよ。典男の兄ではありましたが」

「つまり、君とはそれほど親しくもなかったということか」

「親しいという言葉で、表現するのは適切でないでしょう。典男の兄。それだけのことですね。私と典男が非常に親しかったことを考えれば、特別の関係と言ってもいいのかもしれませんが」

和也が、真直ぐに高樹を見つめてきた。高樹も見つめ返す。ぶつかった視線は、静かに火花を散らしただけだった。

「私はこの二、三日、事件を分析しては組立てるという作業を、うんざりするほどくり返していた。どうやら、ひとつの結論に持っていけそうな気もしてきている」

「事件と言いますと？」

「まず、富永利男が、沖山の先代を殺《と》った事件。それから富永典男が殺され、次には沖山、そして森口だ。三年前の事件だけが、抗争と呼んでもいいものだね。ほかの三つと切り離しておこうと思っている」

「警視庁にその人あり、と言われた人の分析ですからね。どれも核心を衝いているんでしょう」

「どうも、あまり愉快じゃない核心になりそうなんだ。そのあたりは、ちょっと困惑しているよ。この歳になると、しんどいということもあるもんだよ」

「しんどいなら、やめてしまえばいいんですよ。もっと重くなり、やがては押し潰すような力になります」

「ところが、やめられなくてね」

「なぜ？」

「ある男と約束した。刑事《でか》という衣の下に、自分のけものを閉じこめておくとね。それは、破ることができないものなんだよ」

「死んだんですね、相手の人が」

「私が、殺した。射殺したよ」

和也の視線も表情も、まったく動かなかった。高樹は、ちょっと鼻唄をやった。和也がコーヒーを口に運ぶ。喫茶店の中は、商談中らしい客が二組いるだけだった。

「親はどうしてるんだね、田代君？」

両親は、とは言えなかった。里子がなにをやっているかまで、短時間で調べあげることはできなかった。

「父は、死にましたよ。顔も憶えていませんね。母は、私が中学生の時に再婚して、いまはどこかで酒場でもやってるって話です。もう、いい歳になってますがね」

「会わないのか？」

「横浜の酒場にね、一度だけ行きました。『孔雀《くじゃく》』って店でしてね」

「同じ名の店が、東京にもあったね。上野だが、いつか消えちまっていた」

「まあ、絶対ほかにはない、という名前ではないですよね」

「小学生の時から、河村氏に育てられたのか？」

「母は、しばらく河村のところで働いていましてね。事務所ではなく、自宅です。それで、河村家が自分の家のような意識が、いまだにあります」

幸太は、家族のためになにがしかのものを、残したはずだった。それで母子が生き続けていけるほど、現実は甘くなかったということなのか。

「母が再婚してからも、私は河村家に残りましたよ。時代遅れの話ですが、書生のような恰好ですね。富永典男と私の二人は、河村にかわいがられ、教育もされました。河村には、子供もいませんし、近い親類と呼べるものもいませんでした」

「奥さんは？」

「われわれが大学に入った年に、亡くなりました」

「君は、幸福な少年時代を過したと、ある意味では言えるわけだな」

「どうでしょうか。幸、不幸について、あまり深く考えたことはありません」

和也の言葉遣いが、乱れることはなかった。それは、厳しいしつけの中で育ってきたことを高樹に感じさせた。

「結婚は？」

「まだですよ。しかし、高樹さん、どうして、そう、私のことを気になさるんです。まるで、身上調査をされているような気がします」

「自分が手錠を打つかもしれん相手を、よく知っておくのが私のやり方でね」

「私に、手錠ですか」

和也が、にやりと笑った。笑顔の中にあった闊達《かったつ》さは消えていた。けものの眼の光。それが高樹を射抜いてくる。

「いずれ、そうなるような気がするんだよ」

「覚悟は、しておきましょう。手錠を打たれて、取り乱す男にはなりたくありません」

高樹は、また煙草に火をつけた。それから腰をあげる。

「右脚が、時々痛んでね。切られたのさ。六年も前の話になるかな。切ったのが、和也という名の男だった。偶然だがね」

和也は、なにも言わなかった。三人目の和也。ひとり目は、戦後の焼跡で、幼いまま死んだ。二人目は、けものの中のけものだった。ペアを組んでいた若い刑事が、恐怖に駆られて射殺したのだった。

「また会おう」

「どう、お答えしたものですかね」

「笑って頷けばいい。簡単なことさ。握手するなり殺し合うなりは、会った時に決めればいいことなんだよ」

「そうですか」

和也が白い歯を見せた。高樹は煙を吐き、ポケットの小銭入れを探った。

4

東名高速は、いつもながらトラックが多かった。

百五十キロほどのスピードで、高樹は突っ走っていった。スピードは好きだった。大抵はこんなもので、時々覆面車に追われたりする。

バックミラーに、追ってくるパトカーの姿が見えたので、高樹はルーフに赤色灯を載せた。さらに踏みこむ。メーターが百六十を越えた。パトカーが遠ざかり、見えなくなった。赤色灯を回していれば、右車線は大抵あく。もっと性能のいい車なら、二百キロで走り続けることもできるだろう。

大井松田インターまで、ひとっ走りだった。街へ入っても、赤色灯は回転させたままにしておいた。赤色灯を回転させながら走っていい規定は、かなり厳密に決められている。しかし現実には、犯人の追跡中ということで済んでしまうのだ。

赤色灯を車内に戻したのは、熱海の病院が近づいてからだった。捜査用の車だから、交通機動隊が使っている覆面車のように、スイッチひとつで自動的に赤色灯を出し入れはできない。必要な時に、手でルーフに載せるのだ。

入口で声をかけてきた守衛には、手帳をチラリと見せた。エレベーターに乗る。部屋の番号は憶えていた。三階の八号室。

ノック。すぐに、男の声で応答があった。

「よろしいようですな、かなり」

「君は？」

窓際の車椅子にいた河村康平が、ふりむいて言った。夕方になろうとしている。それでも海はまだ、陽の光を受けて深い青だった。

「いい景色の部屋ですね。休養にもとてもよさそうだ」

「何者かね。質問に答えたまえ」

「警視庁の、高樹という者です」

「所属と階級は？」

「捜査一課。警視ですよ」

「聞いたことがあるな。なかなかの名物刑事だという噂だね」

河村康平は、車椅子のむきを変えて、テーブルのそばまで来た。

「一日三十分の歩行訓練。きのうからそれをさせられていてね。歩くのも、なかなか苦しいものだよ」

「かなりひどい、心筋梗塞だったようですな」

「死ぬんだと思ったよ。死の淵を覗いてきた。むこうの方が楽だと、そんな気になったが、どうも命に縁があったらしい」

「おいくつですか?」

「七十六。充分に生きたね」

「しかし、ほんとうに充分ということはあり得ないでしょう。なにかを、この世に残してるもんですよ」

「そうかな」

広い部屋だ。ベッドのほかに、応接セットがひと組置いてある。河村は、痩せて鳥のように見え、疲れがひどそうだった。

「手術はしないんですか。足の静脈をとって、心筋の血管にバイパスを作るという方法があると、聞いたことがありますよ」

「死んでしまった心筋に、いまさら血を送ってみても仕方がないそうだ」

煙草を喫いたくなった。耐えていた。河村が、胸のあたりを拳で軽く叩いた。痛むのかと思ったが、それ以上ひどくはならなかったようだ。

「どうしても、知っておきたいことが、ひとつありましてね」

「私みたいになった男が、なにを知ってるというんだ」

「秋吉英一氏の、どんな弱味を摑んでおられましたか？」

「秋吉という、名前も知らないね」

「いろいろと、秋吉氏に有利に動いているようですよ。これで河村さんが死んでしまえば、高笑いをするでしょうな。つまりは、運が強い政治家ということでしょう。また大臣になったりして、国政に重きをなしていくはずです」

河村が眼を閉じた。しばらく同じ姿勢のまま、じっと動こうとしない。

「深くは考えないでください。心臓に影響するといけませんのでね」

「あの男が、国政に重きをなすか。まあ、そういうことになるだろうな」

「私は、これから何人かを逮捕することになる、と考えています。その中で、秋吉氏の圧力が予想されるものが、いくつかありましてね。私も、秋吉氏の弱味を握っていたい。そう思っているんです」

「いまさら、どうにもできん」

「別に、物証が欲しいわけではありませんよ。もし河村さんが秋吉氏の弱味を握っていたのなら、それがなんだったのか、具体的に知りたいと思っているだけです。それを餌にすることによって、秋吉氏を引き回し、うまくすれば逮捕もできるかもしれない。圧力を防ぐだけでなくね」

「それを秋吉が握っていたら？」

「それはない、と確信していましてね」

「私がなぜ、そんな弱味を握っていると考えたんだね？」

「雑誌がなにか。富永典男がやろうとしていた雑誌がなんなのか、考えていたら、そういう結論に達するわけです。あろうことか、秋吉氏の後援会に配る機関誌とはね。そこから、年間五千万の広告費が入ってくる」

「私は、一億のつもりだったよ」

「沖山という男の手に移った段階で、五千万になっていますね」

「巧妙な男だ。そうやって自分の負担を少なくしていって、やがては自分の懐に取り戻そうというわけか」

「毎年一億の広告費というのは、秋吉氏に関係ある企業から出るものですね。つまりは、政治資金というやつだ。その一億が、河村さんに流れるとしたら、秋吉氏は二億の損失になりませんか。一億減っているにもかかわらず、入ってきた金と見なされるものですから。しかも毎年となると、大きいですね。蟻《あり》地獄みたいなもんだ」

「少しずつ、秋吉の命を吸いあげてやろうとしたわけさ。一億や二億の金が、欲しかったわけじゃない」

「秋吉氏とは、どういう因縁があるんです？」

「二十五年も前の話だが、私は選挙に出るはずだった。嵌められてね。所得税法違反で私は逮捕された。それに続いて、罪状が二つばかり追ってきて、結局一年の懲役を食らったよ。その間に、私が培った人間関係や地盤から国会に出ていたのが、秋吉だった」

「つまり、秋吉氏の陰謀に嵌ったということですな」

河村の頬が、ピクピクと動いた。いま思い出しても、肚が煮えることなのかもしれない。

高樹は、河村と対座していたソファから静かに腰をあげ、窓際に立った。海は暗くなりはじめている。秋の夕方は、やはり早かった。海鳥が三羽舞っている。一日の、最後の餌を漁《あさ》っているのだろうか。

「高樹君、煙草はあるかね？」

「ありますが、差しあげるわけにはいきませんね」

「葉巻を一日六本。これは、煙草の二箱分以上だ。そんな喫い方をしていた私が、煙草一本でこたえると思うかね」

「状況が違いますよ。ニコチンは、血管を収縮させるとも言われてますしね」

「命を縮めることに、もう悔いはないな。田代和也は、時々くれるよ」

ゴロワーズを一本、高樹は河村に差し出した。

「いいね。こいつは、葉巻と香りが似ている」

ロンソンのライター。なぜか、一度で着火した。無茶な喫い方を、河村はしなかった。ほんのわずかだけ、肺に入れたようだ。

「いつも、ひとりですか？」

「通いの看護婦は、帰った。病院の看護婦は時々やってくるが、私が煙草をくわえているのを見たら、卒倒するだろう。ほかには、田代が来るぐらいかな」

「田代和也とは、長いようですね」

「母子で、私の家にいた。家内が病弱だったものでね。和也の母親は、亭主に死なれていたが、まだ女盛りだったよ。いつか、情を交わすようになった。それからしばらくして、和也を残して消えたね。ほかの男と、結婚したそうだ。淫《みだ》らだと誰もが言ったが、私にはあの女の心根のかなしさがよくわかったよ。里子という名だった。誰も、知らないことだ。私と里子の間だけのことさ。こんなことを話す気になるのも、私の命が終りかけているからかもしれんね。なんの関係もない、君のような人に、喋ってみたかった」

高樹も煙草をくわえて火をつけ、窓を少し開いた。

「後継者は、田代和也ですか？」

「私の後継者などいない。事務所も、借金の方が多いぐらいだ。私が死ねば、和也は好きに生きるだろう」

河村が、二服目を喫った。高樹は、携帯用の吸殻入れを差し出した。

「いいものを持ってるね」

河村が、かすかな笑みを浮かべる。煙草を挟んだ皺《しわ》だらけの指さきが、小刻みにふるえ続けている。爪の色は悪いが、指さきにむくみなどはないようだ。

「秋吉氏の弱味とは、なんだったんですか？」

「不思議な人だね、君は。もっとアクの強い男を、私は想像していたよ。会話の中には、うんざりするほど罠が仕掛けられていたりとかね。いまの君は、新米の刑事みたいに率直じゃないか」

「すべてに率直というわけではありませんが、いまは率直な気持ですね」

「秋吉に息子がいてね。もう三十八のいい歳になっているのに、轢《ひ》き逃げをした。どこをどういじったのか、秋吉はうまく揉み消したよ。ところが、事故現場の写真があってね。秋吉の息子も、運転していたベンツも、被害者も写っている。五枚続きの写真だ。公になれば、息子は殺人未遂で即座に逮捕さ。当然、秋吉の政治生命も断たれる。揉み消したというのは、共同正犯に近いからね」

「そんなものを、どこで？」

「言わぬが花というところかな」

河村が仕掛けた事故だったのではないか、と高樹はふと思った。息子が逃げるのを北《ほく》叟笑《そえ》んで見送り、懸命に揉み消す秋吉の姿に冷たい眼をむけていた。ないとは言いきれないことだった。

「秋吉に対する、最後の反転攻勢だった。業界紙で仕事をさせていた典男を呼び戻し、小さな雑誌社を作らせ、秋吉と交渉させた。私の目論見が狂ったのは、秋吉が想像した以上に怪物になっていたことさ」

三服目の煙を、河村は愉しむように吐いた。高樹の煙草は、とっくに短くなり、消していた。

「およそのことは、わかりましたよ」

「だろうね。どこか、すべてを見通してる、という感じがある」

「息子同然の二人を、死なせたり、犯罪者にしたりしてまで、やる意味のあることだったのか、と私は思います」

「心の底の恨みというのは、御し難いものだよ。長い間、心に蓋をして閉じこめてきたのにな。典男を死なせたことは、後悔している。そして私は、心臓で倒れて、この有様だ。ただ、ひとつだけ言っておくが、和也はなにもやっていない」

「親心ってやつですか」

「どう思おうと、勝手だがね」

四服目の煙を吐いて、河村は高樹の手の中の携帯用吸殻入れで煙草を消した。

「そろそろ、死ぬだろう、私は。煙草の礼に、ちょうどいいことだったかな」

「枯れてしまわれてますね」

「和也は、なにもやっていない。なかなか優秀な男に育ってきたところだ」

「あなたがそう言われたことは、憶えておきますよ」

高樹は、窓の隙間を大きくした。部屋に籠った煙が、勢いよく流れ出していく。海鳴りが聞えてきそうだった。

「自分が生きてきた人生は、大事にするものだよ、高樹君」

「私に、言われていることですか？」

「棒に振りそうな顔をしている」

高樹は窓を閉め、軽く頭を下げると外へ出た。廊下に、人の姿はなかった。ひどくゆっくりと動くエレベーターに乗って一階に降りると、話しかけたそうな管理人を無視して玄関を出、車に乗りこんだ。

5

自動車電話が鳴った。

高樹は、商店街の通りで、駐車スペースを捜しているところだった。松井直子だ。

「仕事、終りましたが。警視と合流できないでしょうか？」

「必要ない。帰りたまえ、もう」

「古川さんが、ここに来ておられます。森口殺しの捜査本部から、戻ってこられたところで、やはり警視と合流したい、とおっしゃってますが」

「なぜ、そう私といたがるのかね。暇なら、現場を這い回れ。古川には、そう言ってくれ」

高樹の方から、電話を切った。

一台分のスペースが、ようやく見つかった。尻からそこに突っこむと、ネクタイをちょっと直して、高樹は車を降りた。

商店街の中の交差点を右に曲がると、酒場の多い通りだった。繁華街の多い横浜の中では、それほど高級な通りにはならない。むしろ、庶民的な酒場が集まったところだ。

八時を回ったところで、人は多くなりはじめていた。

自分の心の中で、たえず押し止めようとする気持が働いているのを、高樹ははっきり意識していた。それでも、もう走りはじめている。後退はできない場所に、踏みこんでしまっている。

鼻唄をやった。寒々と、それが心に響いてくる。どこからどこへ、自分は行こうとしているのか。けもの道のようなものだけを選んで、ここまで歩いてきてしまったのではないのか。

出発したところは、戦後の、焼野原の東京だった。何人かの、仲間たちのいる場所だった。出発するというより、逃げるように、高樹はあの場所を旅立ったのだ。仲間たちは、あれからどうやって生きていったのか。仲間、と言葉では表現するしかないが、仲間以上の仲間だった。ひとつの命。全員の命を、そう思うことさえできた。あそこから、自分はどんな道を歩いてきたのか。けものにしか、出会わない道だったのではないのか。

看板。赤い光を放っていた。その光の中に、二つの字が浮き出ている。『孔雀』。止まりそうになる足を、高樹は無理に前へ出した。二、三人の通行人の肩とぶつかった。待て、と声をかけられる。後ろから腕にのびてきた手を、高樹はふり払った。

男がひとり、前に回ってくる。まだ若かった。眼が合った。踏み出す。後退しかかった男が、尻餅をついた。口のあたりが、痙攣したようにふるえている。腹を蹴りつけた。男が、躰を折り曲げて呻きをあげた。

歩きはじめた。『孔雀』が近づいてくる。違う時間の中に、高樹は入っていくような気がした。心が、ふるえている。過去。苦く、甘く、せつなく、叫び声をあげそうになるほど痛く、映像よりも声として、声よりも心として、蘇り、波打ち、すべてを引き裂こうとして荒れ狂う。扉の前で、高樹は大きく息をつき、額に浮いた汗を拭った。扉を押す。

カウンターの中。里子。見た瞬間に、そうだとわかった。

「どうぞ。空いてます」

扉のところに立ち尽している高樹に、もうひとりの若い女が声をかけた。

後ろ手で扉を閉め、高樹はスツールに腰を降ろした。客は三人いる。三人とも、仲間らしい。里子と眼が合った。老いかけた肌に、化粧が痛々しい。

「なんと言えば、いいのかな」

「久しぶり、じゃない」

高樹の声も里子の声も、かすかにふるえを帯びていた。

「なんにします?」

おしぼりを差し出しながら、女の子が明るい声で言う。

「ビール。いや、オン・ザ・ロックだな。ホワイトホースの、オン・ザ・ロック」

女の子が頷いた。高樹は、額の汗を拭ったおしぼりを、カウンターの上で四つに畳んだ。さらにそれを、二つに折る。

カウンターに十人ほど腰かけられる、小さな店だった。

オン・ザ・ロックが眼の前に置かれた。口に運ぶ。なにかが、口の中に拡がった。過去の苦さでも、傷の痛みでもなかった。思い。あの焼野原で抱いた思い。

グラスを置き、高樹はゴロワーズをくわえて、ロンソンを鳴らした。三度。着火した。里子が、食い入るように高樹の手もとを見つめていた。

「歳だな、お互いに」

「一杯、貰っていい？」

「ああ」

里子は、自分でオン・ザ・ロックを作った。グラスを触れ合わせる。その音の中からも、思いが滲み出してくる。

「幸太のことを」

「よかったのよ、あれで。あたし、昔のことはほとんど忘れたわ」

「私が、この手で幸太を」

「そしていまも、ライターを使い続けてるわけ。良《よし》にはそういうところがあった、十三のころからね」

吐いた煙が、里子の方へ流れていった。

「懐しいね、この匂いも。幸太の匂いを、良はいつも撒《ま》き散らしてたんだ」

ポトリと、灰がカウンターに落ちた。しばらくして、毀れ物でも扱うように、里子の指がそれをつまみあげた。

「生きるってのは、どういうことなのかな」

「あたしは、いいと思うように生きてきたわ。正解かどうかは別としてね。深刻に考えたりはしなかった」

「河村康平氏と、会ってきたところだ」

「そう」

「和也にも、会ったよ」

「子供だったあたしたちが、大きくなった。あたしたちの子供も、大きくなった。生きるっていうの、ただそういうことよ」

「長いな。長すぎたよ」

低く音楽が流れている。三人の客は、女の子との話に夢中だった。

ウイスキーを口に運び、グラスの縁に付いた口紅を、里子は指さきで拭いとった。里子の鬢《びん》のあたりが紫色をしていることに、高樹は気づいた。白髪を染めているのだろう。

「なにが起きてるか、知らない。知る気もないわ。だから、良がここへ来たことの意味も、あたしは考えないようにする」

「久しぶり、ってだけか」

「考えたくないよ、なにも。失うことが当たり前の人生なんて、どう考えようがあるというのよ」

「私は一度だけ、会わなきゃいけないんじゃないか、と思ってた。会って、なにを言うわけでもない。こうして酒を飲んで、しばらくしてさよならと言って」

「面倒なことをいろいろ考えるのは、あのころからの良の癖だもんね」

良と、昔のように呼ばれても、なんの抵抗も感じなかった。しかし、里子と呼びかけることはできない。幸太の時は、自然に幸太と呼べた。

幸太を射殺し、幸太と里子の息子である和也に手錠をかけるかもしれない。その思いが、高樹をかたくなにしているようだった。

ひと息で、オン・ザ・ロックを空けた。

「お代り？」

「ダブルでくれ」

二本目の煙草に、火をつけた。

「そのライター、捨てちまったら」

「この店の名前も、捨てられずにいるんじゃないのかね」

「そうね。そんなもんね」

幸太が持主だった、上野の『孔雀』は、どうしてしまったのだろうか。

二杯目のオン・ザ・ロックに口をつけた。いくら飲んでも、グラスの酒は、ただのウイスキーにはなりそうもなかった。

鼻唄。小さな声で、里子が合わせてくる。高樹は、口を噤んだ。

「どうしたの?」

「私は、刑事になるべきではなかった、と時々思うよ。刑事になる資格などなかったとね。きちんとネクタイをして、普通の人間のように振る舞って、いつも紳士で、そうやって昔の自分を閉じこめておけ、と言われた」

「幸太ね、そんな気障《きざ》なことを言うのは」

「気障だとは思わなかったね。あいつとの約束で、ここまで刑事を続けてきたようなものだ」

「やめなよ、良。あたしは、和也を捨てたけど、大して気にしちゃいないわ。和也には、その方がよかったはずだから」

「会いに来たんだろう?」

「一度だけね。なかなかいい男になってた。独身だって言ってたけど。あんたと同じスツールで、オン・ザ・ロックを飲んでいっただけよ。幸太が現われたような気が、しないでもなかったけど」

「ここは、何年ぐらいだ？」

「十年ってとこかな。二番目の亭主にも死なれてね。どうも、男運は駄目みたいだな、あたし」

里子が、煙草をくわえた。カウンターに置かれたロンソンではなく、使い捨てのライターで火をつけた。

二杯目の、オン・ザ・ロックを空ける。

「帰るの？」

「あまり、酔いたくはないんだ。これ以上飲むと、私は必ず酔うよ」

「気をつけてね。若くはないんだし」

里子は、扉の外まで見送りに出てきた。十三歳のころは、高樹よりも大きかったような気がする。いまは、高樹の肩までしかない、小さな女だった。

「和也に、なにもしないでよ」

押し殺したような声で、里子が言った。

「あの子に、なにもしないで」

「私は、ただ」

「あんたが来たのは、和也になにかしようと思ってるからよ。捨てたといっても、ひとりだけの息子なの」

「和也は、捨てられたと思っちゃいないさ」

「お願いだから、和也にはなにもしないで。頼むことしか、あたしにはできないけど」

頼むなよ。頼んだりするなよ。口から出そうになったが、高樹は黙っていた。里子の眼が、高樹を見つめてくる。

高樹は、背中をむけた。

人波の中を、歩いていく。一度も振り返らず、高樹は商店街の通りへ出た。

車に乗りこんだ。

すぐに発進させる。どこからか、唄が聞えてきた。それは口笛になった。仲間であることの合図。口笛を吹く。鼻唄をやる。

「つまりこれが、ふるさとってやつだ」

ハンドルを切りながら、高樹は低く呟いた。

自分のふるさとは、焼野原の東京以外になかった。仲間がいた、あの場所。『老犬トレー』の口笛の合図。

あそこから、長い旅に出てきた。気が遠くなるほど、長い旅だ。帰ることもできないふるさとなのだと、里子に会ったことで痛いほどよくわかった。

視界がかすんでいた。わずかな涙。それだけのものだ。掌で拭うと、一部分だけが湿った感じになった。

ステアリングに擦りつけたりはせず、高樹は運転をしながらそれが乾くのを待った。

第四章

1

小さな部屋だった。

事務所と呼べるほどの、体裁はない。看板も出ていなかった。

高樹の姿を見た宮部元行が、弾かれたように椅子から立ちあがった。富永の姿はない。部屋の隅のソファから、堀が怯《おび》えたような視線を投げてきただけだ。

「おい、小僧。そこをどけ。私の座るところをあけろ」

「どういう用事ですか。社長は、いまいねえですよ」

「ほう、いつから富永は社長になった？」

「いつからって、つまり会社でも作ろうかってことで、いまから社長と呼ぶようにしたわけですよ」

高樹は宮部を押しのけて、椅子に腰を降ろした。宮部は、部屋の隅に立って高樹を睨みつけている。

「川口の富永の女は、なにをやってるんだ？」

宮部を無視し、高樹は堀に話しかけた。堀は、眼を合わせようとはしない。心にしか残っていない拷問の痕。躰を傷つけるより、ずっと残酷なことだろう。それでも、堀の口からはじめて、高樹は河村康平の存在を摑んだのだ。

「赤坂で、小さなクラブを」

「ほう。いい女をつかまえたもんだ。富永が懲役《つとめ》に行く前からの女か？」

「五年、ですかね」

堀はうつむいたままだ。頬骨の出っ張りが、やけに目立っていた。高樹が煙草をくわえると、宮部が汚れたブリキの灰皿を、音をたててテーブルに置いた。

相変らず、ロンソンの着火は悪かった。オイルが切れ気味になってもいるようだ。

「五年前も、クラブの経営者だったのか？」

「いえ。二年前に店を任されたんです。オーナーじゃありません」

「社長は、いねえんですがね」

宮部がまた言った。高樹は無視していた。宮部のような男の感情を爆発させることは、それほど難しくはない。

「新宿に事務所ってのは、地元と話合いがついてるってことかね？」

「そんな、その筋の事務所ってわけじゃねえです。ほんとのところ、社長がどういう商売をやろうとしてるのか、俺らにもよくわかっちゃいません。ただ、堅気の商売だって話は、聞いてます」

「あんな前科《まえ》持ちに、どんな堅気の商売ができる？　世間というのは、甘くないぞ。それがわかる前に、潰れるがね。私が、商売がやっていけないようにしてやる」

「それがよ、警察《サツ》のやることかよ。ふざけんじゃねえや」

喚《わめ》きはじめた宮部を、高樹はまだ無視していた。堀はうつむいたまま、姿勢を変えようともしていない。

「商売の相手が、誰だかは知らん。誰であろうと、毎日刑事が訪ねてくるようじゃ、嫌気がさすだろうな」

宮部の躰が、ピクリと動く気配があった。堀はうつむいたままで、宮部を抑えようともしない。なにかやろうとするたびに、喋ってしまった自分を思い出す。特に、高樹がそばにいれば、思い出さずにはいられないはずだ。

「陽の当たる場所で生きる資格が、おまえらにはない。自分がなにをやっているか、考えればわかるだろう」

「あんたな、社長は、きちっと懲役《つとめ》を終えたんだ。それ以上、なにか言われなきゃいけねえのかよ」

高樹は煙草を消し、灰皿を宮部の方へ差し出した。

「汚れてる。洗ってこい。水はきれいに切って、仕上げによく拭くんだぞ。これくらいの仕事なら、おまえもできるだろう」

宮部の手が、灰皿を弾き飛ばした。

「おまえ、私に乱暴をしたな。手錠を掛けさせて貰うぞ」

「なんだと、この野郎。殺すぞ」

高樹は、腰をあげると同時に、宮部の股間を膝で蹴りあげた。うずくまりそうになる宮部の腕をとり、手錠を打った。もう一方の腕もとり、後ろ手に手錠をかけ、宮部の躰を床に放り出した。

堀は、蒼《あお》ざめた顔で高樹を見ていた。

「富永は、いつ戻る？」

「戻るっていうより、まだ来てません。いつも、十時か十時半には」

十時少し前だった。もうすぐやってくるということだ。

「富永が、ほんとにやろうとしている仕事は、なんなんだ、堀？」

「わかりません。俺らには、まだなにも言ってくれません。事務所が新宿だってのも、きのうはじめて知ったんですよ。十一月一日から、ここは借りたそうですけど」

高田馬場のマンションで、森口の屍体を発見したのは五日だったが、死亡推定時刻は三日の午後から夜にかけてだった。二日には、高樹は川口のマンションを訪ねて富永と会い、帰り道に車で襲われた。堀を絞めあげたのも、その夜だ。

床に転がった宮部が、なんとか躰を起こそうと、芋虫のように全身を動かした。うつぶせになり、腰を持ちあげ、ようやく正座する恰好になった。立ちあがろうとする。脇腹を蹴りつけた。肝臓がある場所だ。倒れて仰むけになった宮部が、怒りで破裂しそうな眼を高樹にむけてくる。脇腹の同じ場所を、高樹は軽く蹴った。五度、六度。それでやめ、灰皿と吸殻を拾いあげると、煙草に火をつけた。ロンソンの芯の火は、やはり小さい。オイル切れの兆候だ。

片手に灰皿を持ったまま、高樹はまた同じ場所を軽く蹴りはじめた。間を置かず、一秒に一度ほどの割りで蹴り続ける。一分を過ぎたところで、宮部の表情が変りはじめた。一分三十秒。ほぼそれくらいで、蹴るのをやめた。煙草を喫い終えるまで、高樹はただ立っていた。宮部は、胸を波打たせて呼吸している。

「こういう蹴り方を三分も続けりゃ、明日か明後日には、内臓が破裂して死ぬ。外傷はなにもないという、便利な殺し方だ。憶えておけよ、堀」

堀は、高樹と眼を合わせようとはしなかった。視線が、不安定に宙で揺れている。

また、高樹は蹴りはじめた。

「てめえっ」

低く呻くように言って、宮部は眼を見開いた。その眼が、次第に閉じられていく。何度か暴れようとしたが、次の蹴りが入っている。蹴られた瞬間は、身動きができないのだ。人形のように横たわって、蹴られ続けるしかない。

二分すぎた。宮部の顔が歪んでいる。すでに恐怖の色が浮かびはじめていた。

「やめてくれ」

呟き。高樹は蹴り続けた。やめてくれという呟きが、ほとんど聞きとれないほど小さくなった。宮部の顔は、涙と汗で濡《ぬ》れている。

三分が過ぎた。四分で、高樹は蹴るのをやめた。宮部は、ただ躰をふるわせているだけだ。肌が、かすかに汗ばんでいるのを、高樹は感じた。額を掌で拭い、髪をちょっと押さえた。

「四分だ。前のと合わせると、五分三十秒。内臓に血が溜ってる。間違いなく、明日破裂だな」

堀にむかって言った。堀は、まだうつろな視線を宙に漂わせている。

高樹は椅子に腰を降ろし、しばらく宮部を見降ろしていた。口を開けて激しい息をしているだけで、自由な足さえも宮部は動かそうとしなかった。表情に、絶望の色が滲み出しはじめている。

「いいか、宮部。いま病院に行って血を抜けば、助かるよ。止血剤も打ってくれるだろうしな。放っておけば、腹がふくれてくる。血でだぞ。そして破裂するんだ。もう、おまえの腹はふくれはじめているよ」

「助けてくれ」

「さっきの威勢はどうした」

「頼む。なんでもするからよ。病院に連れて行ってくれ」

「十一月二日の夜、車を運転していたのは、おまえだな?」

宮部の首が、かすかに動いた。頷いている。

「富永は、おまえになんと言った?」

「殺せって。間違いなく、殺せって」

「そして殺そうとした。殺されそうになった私が、おまえを病院に運んだりすると思うか」

「頼むよ。死にたくねえ」

「誰だって、死ぬのが好きなわけじゃない。仕方なく、死んでいくのさ」

宮部に背をむけ、高樹は煙草をくわえた。三度、四度、ライターを鳴らす。着火が悪いことに、苛立ったことはなかった。いつも、周囲の人間を苛立たせているだけだ。

「ほりさん」

虫の鳴くような声だ。

「ほりさん、助けて」

堀の躰が、ピクリと動いた。なにも言おうとはしない。視線の動きが、めまぐるしくなっただけだ。高樹は、煙草のさきを軽く擦りつけるようにして、丁寧に灰を落とした。

十五分ほど、ひと言も言葉を交わさなかった。高樹は、椅子に腰を降ろしてただ待っていた。

「なんだ、これは？」

富永の声。高樹は腰をあげた。靴を鳴らし、宮部に駈け寄ろうとした富永の動きを止めた。富永が、じっと高樹を見つめてくる。

「これはどういうことですか、旦那？」

「宮部を逮捕した。それだけのことさ」

「だけど」

「抵抗したんで、抵抗できないようにしてやっただけだ」

「喋れなくなってますぜ」

「胆が小さいだけさ。自分が、もうすぐ死ぬと思いこんでる。おまえの代りに、踏絵を踏ませてやったんだよ、富永。宮部だけじゃなく、堀にもだ。二人とも、おまえの命より、自分の命の方が大事なようだ。誰だってそうだが、それをはっきりさせちまうと、もう駄目だろう。曖昧なところで、自分の命は親分《おやじ》のものと言っている間だけが、使い物になるのさ」

「それで？」

富永の眼は射抜くように鋭いが、一緒に連れてきた少年は、怯えきった眼をしている。はじめての時から、まったく目立たない少年だった。

「おまえが使えるのは、多分、後ろでふるえてる坊やだけだろうな。つまり、おまえの身内は、もう解体してるってことだ」

「そうなのかどうかは、これからの話ですよ。宮部は、連れていかれますか？」

「いや。連れていっても役に立たないやつというのがいる。いまの宮部がそうだな」

高樹は、あおむけの宮部を蹴りつけて、躰をうつぶせにさせた。手錠をはずす。

「おまえに、話があるんだ。このビルには、屋上があったな」

「いいですよ」

富永が、さきに立って部屋を出た。

エレベーターで十二階まで昇り、階段を使って屋上へ出た。

「やりすぎじゃないんですか、旦那」

「そう思うか？」

「手帳がありゃ、なにやったっていいっての、いくらなんでもひどいじゃないですか」

「そうだな。だけどあれで、宮部はちゃんと吐いたよ。おまえが私を殺せと命令したとな。堀には、ちょっとした怪我《けが》をさせろと言ってる。ハンドルを握った宮部には殺せだ。ちゃんと相手の性格まで見て、うまく使ってる。刑務所《なか》で、かなり勉強したようだ」

「そんな証言で、俺を逮捕《パク》れるんですか？」

「まあ、無理だろうな。谷弁護士か誰かが出てくると、私が糾弾されることになる」

「俺が憎いんですか、旦那。たった三年で出所《で》てきてしまったんで」

「犯人《ホシ》を憎んでて、刑事《でか》は勤まらんよ」

風が吹いていた。富永の服の裾が、めくれあがっている。這いのぼってくる地上のもの音は、どこか摑みどころがなく、打ち寄せる波の音でも聞いているようだった。

「谷弁護士に、おまえの弁護を依頼したのは、誰なんだね？」

「弟でしょう」

「違うな。おまえの弁護士になってから、谷は典男とはじめて会ってる」

「弟です」

「そう言っておけばいいさ。いずれ、私はおまえに手錠をかける。それから多分、宮部元行にもな」

「多分、ですか」

「森口の現場を発見したのは私でね。どうも、ひとりでやったんじゃない」

「どういう意味です？」

「おまえと宮部。いいコンビで仕事をしたってことかな」

　富永の眼が、高樹を射抜いてきた。視線がぶつかる。けもの。この程度のけものは、大してめずらしくもない。富永が、さきに視線をはずした。煙草をくわえ、デュポンで火をつける。

「マンションに来られた時も、旦那はそう言われましたね。俺を刑務所《なか》に送り返すって。あの時、まだ森口は殺《や》られてなかったんでしょう。あれからまた、俺は人を殺《あや》めて、死刑になっちまうぐらいの罪を重ねたってことですか」

「そうなるな」

「勝手に、頭の中で犯人を作りあげる。老いぼれ犬も耄碌《もうろく》したもんじゃないですか」

「一番そう思っていないのは、おまえだよ、富永。おまえはもう、間違いをいくつかしてる」

「俺が、なにを？」

「私を殺そうとした。それは大きな間違いだったね」

「生きてますよ、旦那は」

　煙を吐きながら、富永が言った。煙は、ほとんど一瞬で風に吹き飛ばされていく。

「おまえは利巧になったさ、刑務所《なか》でな。計算もするようになった。しかしそれが、おまえの命取りになるな」

「死ぬのを、怕いと思ったことはありませんでね」

煙草をくわえようとして、高樹は途中でやめた。この風の中で、ロンソンがうまく着火するとは考えられない。

高樹は、屋上の縁まで歩いて、下を見降ろした。下は小さな通りで、それでも結構車が通っていた。大きな通りへ出る抜け道のようだ。

「生きるってのは、おかしなことだな、富永。このところ、私はそのことばかり考えているよ。生きるということが、人間からなにを奪っていくかとね」

「難しい話は、柄じゃありませんでね」

富永が、火のついたままの煙草を、屋上の外へ弾き飛ばした。

「旦那の吸殻入れには、そろそろうんざりしてきました。旦那がそうやって吸殻を気にしても、街は吸殻だらけでしてね」

「まだ、昔の荒っぽいところが、抜けきってないな。棒っきれみたいな男だったよ、おまえは。それはそれで、なかなかいいもんだった。いまは、吸殻程度の荒っぽさってとこかな」

「踏み潰して、消されちまうということですか」

低い声で、富永が笑った。

「池袋の、トルエン売りか。なんのために、あんなことをはじめた？」

「ひとつだけ、旦那に言っておかなくちゃならないことがあります。男にゃ、絶対に守らなくちゃならないことがあるんですよ。命を賭けても守らなくちゃならないことがね」

「いやに、気合いを入れて言うじゃないか」

「気合いは入りますよ。俺はこんな男ですが、ひとつだけ、絶対に守らなけりゃならないものを持ってます。それは、守り通しますよ。躰を張ってでも、たとえ旦那を殺さなくちゃならないようになっても、です」

「富永」

高樹は、火のついていない煙草を唇に挟んだ。

「おまえの言うことは、よくわかる」

煙草をくわえたまま喋ると、声が風に吹き飛ばされそうだった。指に挟んだ。

「男というのは、確かにそうだ」

富永と視線が合った。ぶつかり合った視線を、それほど強いものと高樹は感じなかった。

「ほんとうの男はな、わざわざそんなことを口に出したりはしないものさ」

笑いかけ、それから高樹は踵を返した。

富永は、追ってこなかった。

エレベーターで一階まで降り、車に戻った。

妙な気配を感じた。構わず、高樹は車を出した。尾行《つけ》られている。しかも、かなり巧妙だ。ミラーの中で、うまく捉えることはできない。

交差点を、二度曲がった。曲がりながら、わずかずつ減速していく。三度目に曲がったところで、ミラーに捉えた。警察車らしい。

高樹は赤色灯をルーフに出し、赤信号を無視して突っ走った。引き離した。信号を二つかわすと、そこで赤色灯を取りこんだ。

尾行《つけ》ていたのは、古川と松井だ。尾行のやり方に、専門家の気配があるのは、当たり前だった。

2

本庁へ戻ってきたのは、六時過ぎだった。

午後はずっと、秋吉英一に張りついていた。さすがに、忙しそうに飛び回っている。秘書が二人と運転手。行動する時の人数は、決まっている。料亭へ入ったところで、今日は打ち切った。

「警視は、富永利男に、関心をお持ちですか？」

松井直子が言った。

「どういう意味の質問だね？」

「言葉通りですが」

「多少の関心はある」

「どういう種類の、関心ですか？」

「その前に、質問の裏の意味をはっきりさせるんだな」

それ以上、松井に喋らせないように、高樹は電話に手をのばした。

谷は事務所にいた。午後いっぱい、出かけていてつかまらなかったのだ。事務員の女の子は、明日の午前十時なら、確実に伝言を伝えられる、と言った。要するに、毎日十時に事務所に出てはくるが、外出するといつ戻るかわからないということだろう。

谷と話している間に、松井は席を立って高樹のそばに来ていた。

「どうしたんだね？」

受話器を置き、高樹は言った。

「実は、独断で富永の事務所に張込みました。富永が、事務所を開いたという情報が入ったものですから」

「独断じゃないだろう」

「えっ？」

「君は、ひとりでそういうことをやるタイプではない。ほかに誰かいたはずだ」

「古川さんが」

「古川と君と、二人で富永の事務所に張込んだ理由は？」

「沖山殺し、森口殺し、その二つを分析して、富永に眼をつけようと考えたわけです」

「考えるのはいいが、実際に張込むのは独断専行だ。沖山が殺《や》られた時、富永が池袋にいたことは、古川自身が見ているんだからな」

「それでも古川さんは、富永の関与をどうしても否定する気になれないみたいなんです。あたしも、なんとなくそんな気がしてます」

「それで富永の事務所に張込んでいたら、私が出てきたというわけか。自分が逮捕《あげ》た犯人《ホシ》だ。私は富永のこれからの生き方に、関心は持っているさ。それより、私が事務所を出た直後、誰かが事務所へ行ったはずなんだ。結果として、君らが張込んでくれていて、助かったな」

　松井の表情が、ちょっと動いた。多分、川口のマンションから、富永の尾行はずっと続けていたのだろう。富永よりさきに事務所にいた高樹の姿は、出てくるところしか見ていないはずだ。もう少し、意地の悪いことを続ける気に、高樹はなった。

「誰が入っていったね、私と入れ替りに？」

「それが」

「わかれば非常に助かる。独断専行は、大目に見ざるを得ないだろうな」

松井がうつむいた。張込みを中断して、上司を尾行したなどとは、口が裂けても言えはしないだろう。

「警視が出ていかれた時、張込みを解きました」

「なぜ？」

「それが」

「古川の判断か？　それじゃ古川を呼べ。どういうつもりで張込んでいたか、よく訊いてみようじゃないか」

「申しわけありません」

「仕方がない。古川が判断したんだろう。それなりの考えがあってだと思う。それをちょっと訊いてみたいだけだ。その判断で、古川の刑事としての資質もわかる」

「共同責任です、あたしとの」

「だからだな」

「申しわけありません。とっさに、警視の車を追いました」

「私の車を追った？」

「警視がなにをされようとしているか、関心があったものですから」

「つまり、私を尾行したということか？」

「そうです」

ある潔さを、松井は持っていた。高樹は、煙草に火をつけ、二、三度煙を吐いた。ロンソンは、オイルを足したせいか、着火がよかった。

「部下に、尾行されたのか、私は」

煙を吐き続ける。二人とも、まだ若い。逆手をとって捻じりあげてやるくらい、高樹にはたやすいことだった。

高樹はデスクの書類を束ね、抽出に収うと、これみよがしに鍵をかけて立ちあがった。

「どちらへ？」

「尾行すればいいだろう。ただし、君の顔も古川の顔も見たくない。私に気づかれないようにやれよ」

言い放って、高樹は部屋を出た。


谷はまだ来ていなかった。

高樹は親父に、バーボンソーダを頼んだ。ほかに客はいない。まったく暇な店だ。

「ステアしますか？」

「どう違うんだね？」

「ステアすると、ガスが飛んじまいましてね。それだけ、ソーダの味が薄くなるわけです。マドラーをお貸ししますから、自分で適当にステアされた方がいいでしょう。好みに合わせるってやつです」

「なるほどな」

高樹は、自分でバーボンソーダにマドラーを突っこんだ。掻《か》き回すと、弾けたソーダがプップッと飛んだ。

煙草に火をつける。ライターをカウンターに立てて、しばらく見つめた。いかにも、使いこんだという感じがする。午季というやつが入っていた。

「いいライターです」

「そうかい」

「捨てちゃいけませんや」

「私が、これをか？」

「人生を捨てちまう。そういうことになります。捨てちゃいけないものというのを、誰もがいくつか持ってるものですよ」

「君は、なにを持ってる？」

「人を殺したという、過去ですね」

「捨てたくて、捨てられるものかね、それは？」

「捨てようとする自分は、いつもいますよ。それを抑えるんです。結構しんどいと思うこともありますが」

親父は、なぜか高樹に好意を抱いたようだ。谷の行きつけであるこの店で飲むのは、何度目になるのか。無口なところが、嫌いではなかった。そういう男が喋りはじめると失望するものだが、それもない。

「谷君は、つい何年か前まで、浴びるほど酒を飲んでいたがね。一種の、アルコール依存症だった」

「いまは、豪快に四、五杯飲むだけですね」

「民事をあまり扱わなくなったし、なにか転機があったんだろうね」

「詳しいことは、知りません。ある時から、酒に頼ることはしなくなりましたよ」

親父がほほえんだ。

高樹は、二杯目のバーボンソーダを頼んだ。それをマドラーで掻き回す。一回でやめた。多少、ソーダの刺激が強いような気がした。

谷が現われたのは、三杯目を掻き回している時だった。

「また、お呼びがかかるとはね。弁護士が少しは好きになりましたか、高樹さん」

「昔から、君のことは好きだ」

「また頼み事ですね。俺が担当している依頼人に、高樹さんが逮捕《あげ》た男がいたかな」

「いないよ、いまのところ」

「いまのところ、ですか」

一杯目を、谷はひと息で飲み干した。親父は、すぐに二杯目を作ろうとはしない。谷も頼まなかった。

客が入ってきた。もうひとりの、高樹の待ち人だった。

「谷さん」

驚いたように、和也が言った。

「なんだ、君か」

谷は、二杯目を親父に頼んだ。和也は、慎み深く、同じものを註文した。

「富永利男の件での、直接の依頼人が彼だということを、確かめるためにわざわざ俺を呼んだんですか、高樹さん」

「ほう、依頼人は田代和也だったか」

「これだ、まったく」

二杯目を、谷が飲み干す。和也は、チビリと口に含んだだけだ。

「典男の兄でした。典男はその時、仕事でロスにいましたんでね。典男がやるべきことを、私がやったということです。谷さんのお名前は　刑事事件に熱心な弁護士として、教えてくれた人がいました」

「偶然だな」

谷が言った。高樹は、煙草をくわえて火をつけた。煙が、和也の方へ流れていく。カウンターに立てて置かれたロンソンを、和也は見ていた。

「私は、縁だと思ってるよ。谷君とも、田代君とも縁があった。つまりは三人に、縁があるということだ」

「高樹さんも、そんな言葉を遣うようになりましたか」

「歳だと言いたいかね」

「まあね。柄じゃない。あなたはもっと、悪辣なところをむき出しにしてもいい、と俺は思いますね。本質としてそういう人かどうかは別として、その悪辣さで、普通じゃ手も届かない人間に、何人も手錠をかけた。警察権力を、権力に対抗する手段として、うまく利用している稀有《けう》な例ですよ」

和也は黙ったまま、バーボンソーダを口に運んでいた。谷が空のグラスを振って、氷を鳴らした。別に新しい註文の合図というわけではないらしい。親父はグラスを磨いている。

客が、二人入ってきた。ようやく、酒場らしい雰囲気になった。

「私は、なぜここに呼ばれたんでしょうか？」

和也が言った。グラスが、ようやく空になろうとしている。

「なんと言って君を呼んだんだ、老いぼれ犬の旦那は？」

「老いぼれ犬の旦那ですか。不思議な話ですが、私は『老犬トレー』という唄を、なぜか知ってるんです。子供のころからね。高樹さんが最初にそれをやられた時は、ちょっと驚きましたね。癖だ、とおっしゃっていましたが」

「なるほどね。それで、今夜はなんと言って君を呼んだ。まさか、鼻唄だけじゃないだろう」

「頼まれました。頼みがあるという言い方で」

「ふうん。やっぱり、高樹さんの肚ってのは読みにくいな」

谷が、グラスの底でカウンターを二度叩いた。それが合図らしく、親父がきて三杯目を作った。高樹と和也も、一緒に註文した。

「まあ、高樹さんが絡んでることでは、最後の最後まで油断ができないからな。自分がどんなふうに利用されるのか、愉しみになってきましたよ、俺は」

「利用する気はないよ、谷君。田代君もな」

高樹は、マドラーを使わず、バーボンソーダを口に運んだ。それが一番合うような気がした。

「富永利男との関係は、申し上げた通りです。これを一杯いただいたら、私は失礼します」

「その前に、もうひとつ頼みがあるんだ」

和也が、高樹の方に顔をむけた。眼が合った。とめどなく、言葉が出てきそうだった。

しかし、ほんとうはひとつも言葉が見つかっていない。

「こいつだ」

高樹は、カウンターのロンソンを指さした。

「君に、これを貰って欲しい」

和也は、高樹から眼をそらさない。谷が、躰を固くするのが気配でわかった。親父は、そ知らぬ顔をしているようだ。

「なぜです？」

「貰ってくれそうな男を、捜していた。君を選んだのは、カンみたいなものだ」

「月並みなお断りはできそうもないんですが」

「そうさ、君は断るべきじゃない」

「しかし」

「頼みだよ、私の」

和也は、眼をそらそうとしない。無言だった。和也との間の空気が張りつめ、亀裂でも入りそうな気が高樹はした。なぜだ、と和也の眼は問い続けている。

「頼むよ」

眼はそらさず、高樹はもう一度言った。

ふう、と和也は大きく息を吐いた。

「頂戴しましょう」

「ありがとう」

高樹はロンソンには触れず、ただ掌でそれを差した。和也の手がのびてきて、ロンソンを摑んだ。無造作だが、決して乱暴な仕草ではなく、和也はそれを上着の内ポケットに入れた。

バーボンソーダを飲み干すと、和也は腰をあげ、高樹と谷にちょっと頭を下げた。高樹は、軽く片手をあげた。

「どうしたんですか、一体？」

和也がドアの外に消えるのを見送り、谷が言った。

「見た通りさ」

「しかし」

「君は、弁護士だよな」

「だから、どうだっていうんです」

「田代和也に、もし弁護士が必要な場合は、君が担当してくれないか。これが、私の君に対する頼みだよ」

眼が合った。和也と睨み合っていた時間より、ずっと短かった。白い歯を見せて笑った谷が、頷く。

「なにも訊くな、でしょうね」

「すまんな」

「俺も頼みがありますよ、高樹さんに」

「できることならな」

「この店に、ボトルを一本入れてください。それも、俺の名じゃなく高樹さんの名で。勿論《もちろん》、俺が飲むのは自由です」

「お安い御用だよ」

「じゃ、俺は」

「帰るのかね？」

「このまま一緒にいると、一本ぐらい簡単に空けちまいそうだ。知らないんですか。俺は必死の思いで、アル中から脱却したんですよ。ここでまた、舞い戻りたくはない」

もう一度笑って、谷が立ちあがった。

高樹はしばらく、バーボンソーダを舐めていた。

「笑ってるね、私を」

「いや」

親父が短く答える。高樹は、カウンターに置かれたバーボンのボトルに、自分の名をマジックで書きこんだ。それから、勘定を払う。

「これを」

高樹が腰をあげると、親父がマッチの箱を差し出してきた。

3

めずらしく、ネグリジェにガウンを羽織った万里子が、書斎へ入ってきた。

高樹は、貪《むさぼ》るように啄木を読んでいた。すでに、午前一時を回っている。

「どうした？」

「眼が醒《さ》めてしまって。一度、ウトウトしかけたんですけどね」

「私も、もうすぐ寝るよ」

眠れなかったからといっても、万里子が書斎に入ってくるのはめずらしいことだった。遅くとも十時には寝室に入り、十一時過ぎまで編物をしている。ほとんどがセーターやマフラーの類いで、高樹が蒲団《ふとん》に入ってからも、編棒を動かしているということがめずらしくなかった。趣味が仕事になってしまったような編物で、色も形もオリジナルらしい。あまり深い関心を、高樹は抱いたことがなかった。

「編物は、どうした？」

「今夜はちょっと、その気になれなくて」

「二年さきの註文まで受けてる、と言ってたじゃないか」

高樹は、煙草に火をつけた。

「あなた、そのマッチですけど」

「これが、どうかしたか?」

「ライターは?」

「ああ、あれか」

人にやった、とは言えなかった。落としたとも言いにくい。

「ついに、毀れた。自分では修理できないな、あれは。そういう職人さんがいるらしくて、頼んだよ」

「どこが、毀れたんです?」

「ヤスリだな。それからヤスリを止める鋼。交換はいやだと言ったら、なんとかヤスリの目を深くしてみてくれるそうだ」

「ずいぶん長く使ってましたものね。結婚する前からだわ」

「そうだったかな」

いつもの万里子の話し方とは、どこか違う。執拗《しつよう》なところがあった。気のせいだ、と高樹は思いこもうとした。

「時々、あのライターが憎らしくなることがあったわ」

「おいおい」

「それから、啄木の詩集とね」

「昔、犯人《ホシ》に嫉妬されて、ショックを受けてた上司がいた。女房が犯人《ホシ》に嫉妬したってな。その時は、わかるような気がしたよ」

刑事という職業を楯《たて》にとって、勝手を通してきたところは確かにあった。家庭的とは、お世辞にも言えないだろう。家庭を持つということに、どこか後ろめたさを感じていたところもある。

万里子が、揺り椅子から立ちあがった。

「きりがいいところまで読んだら、私も寝ることにする」

言って、自分がほっとしていることに、高樹は気づいた。

啄木に戻ったが、前のように世界に入りこんでいくことができなかった。青臭い若さだけが鼻につく。

高樹は啄木を閉じ、しばらくぼんやりとしていた。なににこだわって、自分は生きてきたのか。ふと、そう思った。こだわっていたものは、いつの間にか遠いものになり、ただこだわることにこだわって生き続けてきたのではないか。そんな気もした。それならば、自分のこだわりもやはり、暴れそうになるけものを閉じこめる檻のようなものだったのか。

コニャックを一杯ひっかけた。

若いころは、一杯のコニャックが贅沢《ぜいたく》だった。惜しみ惜しみ、飲んだものだ。いまは、五、六本のコニャックはいつもある。それも、惜しみながら飲む習慣が身についてしまっているから、溜っていくのだ。

寝室へ行った。

ベッドだと埃《ほこり》の掃除ができないと万里子が嫌うので、ずっと蒲団である。枕もとにだけ明りがあり、万里子はすでに眠っているようだった。

すぐには寝つけなかった。

眼を閉じる。しばらくそうしていても、浮かんでくるものはなにもなかった。ただ頭が冴《さ》えているだけだ。眼を開くと、隣りに万里子の顔がある。薄闇の中で眼を閉じている万里子の顔は、少女のように幼いものに見えた。明るい場所で見ると、年齢相応の肌の衰えはある。不思議なものを見るように、高樹は万里子の顔をしばらく凝視していた。

見合い結婚だった。母親の郷里の富山から、縁続きの娘を貰ったのだ。はじめて会った時、そのあまりの若さに戸惑ったものだ。十九歳だった。好きになったというより、老いた父親の面倒をよく看《み》てくれるのではないか、という気持の方が強かったような気がする。

眼を閉じた。今度は、眠れそうな気がした。

浅い眠り。『老犬トレー』の口笛が聞えてくる。誰かが帰ってきた。そう思って、高樹は躰を起こそうとした。夢。どこかで、それがわかっている。起きあがろうとする自分を抑えた。眼が醒める。隣りの万里子の顔をじっと見つめる。そのうち、また目蓋が垂れてくる。

そんなくり返しだった。やがて、外が明るくなった。万里子が起き出していく気配を感じながら、高樹は眼を閉じていた。

一雄が、鞄《かばん》をぶらさげて飛び出していった。勤めている高校までは、一時間近くかかるようだ。一雄が出て三十分後ぐらいに、高樹は家を出る。

門を出たところに、男がひとり立っていた。

「ほう、今日は自宅から尾行かね」

「勘弁してください、警視。警視を尾行するなんて気はなくて、行先に事件があるに違いない、と考えたと思うんです。車を出したのは、反射的だったんですが」

古川は、大きな躰を縮めて、何度も頭を下げた。

「松井君もかなりしょげてるんですが、責任は車を出した俺にあります」

「なぜ、富永を張る気になった？」

「どう考えても、富永の行動はおかしいです。沖山が殺《け》されるまで、池袋に人を引きつけていたとしか思えません。事実、沖山が殺《け》されたあと、富永はトルエンを売るような真似はしてませんし。トルエンを売りながら、沖山を殺《や》るチャンスを狙っていた、という見方もできるかもしれませんが、やはり動きが派手すぎます」

「沖山が殺《け》されたあと、富永を張ってどういう意味がある？」

「すべてが終ったとは思えないんです。実際に、森口夫妻の事件が起きていますし」

「松井君から、いろいろ訊き出したわけだ」

「彼女も、その、思いあぐねていて、いろいろ考えこんでいるし、二人で知恵を出し合った方がいいだろうと思って」

「二人で出し合った知恵が、私を尾行《つけ》ることとはね」

「反省しています。恥しいことをした、とも思っています。自分で考えろと言われるかもしれませんが、どうすれば失点を回復できるのか、警視にうかがいたくて」

　桜台の駅が見えてきた。

「疑問もなにも感じない、機械のような刑事《でか》になれるかね？」

「感じるところまでは、責任が持てません。ただ、命じられたことだけを、忠実にやる自信はあります」

　そろそろ、ひとりだけでは手が回らなくなるはずだ。となれば、古川と松井を使うしかないだろう。いい時機かもしれなかった。

「この男を、張れ」

　和也の名と、事務所の所在地を書いたメモを、高樹は古川に渡した。

「張るだけだ。動きがあったら、すぐに私に報告しろ。余計な真似をしたら、交番勤務ぐらいじゃ済まんぞ。私が、おまえをぶちのめす。それでいいな」

「いいです」

「尾行《つけ》る時は注意しろよ。三つ目の角を曲がった時、君たち二人の顔を、ミラーではっきりと視認できた」

「じゃ、あの時」

「赤色灯も使いようさ」

にやりと笑って、高樹は改札口を通り抜けた。古川は慌てて切符を買いに行ったが、いつもの高樹が乗る電車には間に合わないだろう。

池袋から、山手線で新宿へむかった。

電車に揺られながら、高樹はずっと一連の事件の整理を頭の中でしていた。そろそろ、こちらから動いてもいい。ほぼ、筋道は読めてきた。

人波に揉まれながら、新宿の東口へ出た。

十分ほど歩く。新宿は、多数の組織の縄張が入り組んでいて、所轄署の新任の刑事などは、それを頭に入れるのにまず苦労する。

高樹は、小さなビルの二階へ、階段を使って昇っていった。ガラスのドア。むこうから、男の声の唱和が聞えてくる。道徳的な言葉が並べられた唱和だ。それが終るまで、高樹はドアの外で待った。

終るとドアが開き、十人ばかりの男たちが出てきた。中には、まだ六、七人いる。

高樹が入っていくのを、若いパンチパーマの男が止めた。しつけはできているらしく、無闇に躰に触ったりはしない。

「お客人だ。奥へお通ししろ」

太い濁声《だみごえ》が聞えた。若い男が、そのまま高樹を奥へ導いていく。

「旦那、どうも御無沙汰しまして」

「相変らず、朝の九時には事務所に出てきてるようだな、松島」

「そりゃ、けじめってもんがありますんでね。大きなけじめから、小さなけじめまである。特に半端者《もん》にゃ、それが大事なんでさ」

松島は、ある広域組織の末端の組長で、三十人ほどの子分を抱えていた。この事務所を使いはじめて、もう十五年になる。女と覚醒剤を資金源にした、あまり質《たち》のよくない組織だが、松島には道徳的な部分を強調する癖があった。それが、朝の定時の出勤と、朝礼と称するやつだった。

「うちの者《もん》が、またなにか?」

「いや、おたくの関係で来たんじゃない。ちょっとばかり、訊きたいことがあってね」

若い者がお茶を運んできた。素速いものだ。

「おたくの縄張《シマ》に、新しい事務所ができたんじゃないのか？」

「池袋《ブクロ》の、富永のことですね。沖山が死んだんだから、あっちで事務所を開きゃいいのに、確かにうちの縄張《シマ》で看板あげましたよ」

「そこまで知ってるってことは、あんたと富永にゃ、ある合意があったってことだね」

「合意なんてそんなもん」

松島が、煙草に火をつけた。

「上の方から、一方的に言ってきましてね。どうも、断りにくい筋から頼まれたみたいでしてね。だから、富永はうちに挨拶《ろうず》も通してませんわ。これから通す気なんでしょうがね。ほんとなら、潰してるとこでさ」

松島は、まだ四十になっていなかった。酒灼《や》けなのか、いつも赤い顔をした巨漢で、五十と言ってもおかしくない。

「断りにくい筋というのは？」

「そいつが、よくわからねえんですよ。ただ、上からそんなことを言ってくるなんて、そうあることじゃないですし。俺も、ガキじゃないですからね」

「なるほどね。それでか」

「富永の野郎、なにやりました？」

「まだやったわけじゃない。池袋じゃなく新宿ってことが、ちょっと私にひっかかっただけだよ」

　高樹は腰をあげた。確かめることは確かめたのだ。自分の推測が、少しずつ確かなことになっていくのを、まだぼんやり眺めている気分だった。

　若い者の見送りを受けて通りに出ると、高樹はすぐに電話ボックスに入った。

「仕事だが、心の準備はいいいね」

「今朝、古川さんが」

　松井直子は、緊張した声を出していた。

「もういい。古川にも、仕事をして貰っている。余計なことは、なにもしない、考えない、という条件でな。君の条件も同じだ」

「わかりました」

「きのう私が使っていた車を使え。電話連絡が必要だから、エンジンは切るな」

「それで、なにをやればいいんでしょうか？」

「秋吉英一を知ってるかね？」

「名前だけは」

「張り付け。議員会館にいるはずだ。細かい動きを見逃すな。特に人に会う動きだ」

「警視は、ここへ出てこられますか？」

「わからんね。お互いの居場所は、その都度連絡し合うことにしよう。とにかく、すぐにはじめてくれ」

「警視」

「質問は受付けない。刑事としての、君の適性が試されることになるぞ。それから、先方には絶対に気づかれるな」

「わかりました。きのうは申しわけありませんでした、と言おうとしただけなんです」

「仕事で謝るんだな」

電話を切ると、高樹はしばらく考え、富永の事務所の近くまで歩き、路地に立った。むかいの喫茶店が、張込みには絶好の場所だったが、開店は十時になっていたのだ。

4

和也にも秋吉英一にも、大した動きはなかった。

慌しい動きがあったのは、富永の事務所だけだ。まず、二人の男が駈けこんでいった。五分も待たず、富永と三人で出てきた。午後一時を回ったころだ。

高樹は、釣りがいらないように、コーヒー代をきっちりと置いた。車が来て、三人が乗りこんだ。高樹は喫茶店を出て、タクシーを停めた。手帳を示し、五分間だけ、富永が乗った車を追尾した。それからまた、事務所の前に戻った。

喫茶店には入らず、路地で待つ。

十五分ほどして、堀と宮部が出てきた。二人とも、白い箱を抱えていた。

「忙しそうだな」

後ろから声をかける。同時に振り返った二人が、一瞬立ち竦んだ。

「なにを持っているのか、見せて貰おうか」

「見せなきゃならないんですか？」

「参考のためさ」

大したものが出てくると、高樹は考えていなかった。富永には、周到なところがある。三年前の、暴れることしか知らないけものから、かなり成長している。要するに、これは騙《だま》し合いだった。

「箱を開くまでもないか。二人とも両手を出せ」

「なぜ？」

言った宮部の声は、かすかにふるえていた。きのうは、ほんとうに殺されると思ったはずだ。臆病さが剝き出しになっている。

「私が、おまえたちを逮捕したい、と望んでるのさ。だから逮捕する。文句は、取調室で言え」

「無茶だ、そんなの」

反論してくる宮部には構わず、高樹は堀に手をのばした。箱を放り出して、宮部が走った。追いはしなかった。高樹に腕を摑まれた堀は、大人しい犬のように動けずにいる。ぶちまけられた箱の中身は、ただのカレンダーだった。それでも高樹は、堀に手錠をかけた。

騙し合いは、高樹の方が優勢だった。むかいの喫茶店で張込んでいる高樹の姿を、富永はどこからか確認したはずだ。それで、慌しい動きを見せた。高樹が単純にそれに乗れば、遊園地にでも連れていかれたかもしれない。乗らない場合のことも考えて、堀と宮部に、カレンダーを運ばせた。陽動をはじめた、と考えていいだろう。

二つ、富永は誤りを犯している。ひとつは、箱の中身がカレンダーだったことだ。来年のカレンダー。いま、印刷所で盛んに刷っているやつだろう。印刷所との関係を、教えてくれたようなものだ。

もうひとつは、高樹を警官だと考えたことだ。警官なら、カレンダーを抱えた男を、逮捕するはずはない。だが高樹は、堀を逮捕した。

なんのための陽動だったかは、わからない。陽動のための陽動だったことも、考えられる。張込みを確認するためだけの、陽動だったかもしれない。それでも高樹は、二つの収穫をしていた。

「なぜ、俺が逮捕されるんですか？」

「覚醒剤を持っていたからさ。それも売るために大量にな」

「そんな」

堀の声は弱々しかった。逮捕期限は、四十八時間。それを越えると、かたちとしては検察の管轄になる。四十八時間でも、高樹には充分だった。

公衆電話から呼んだ。所轄署のパトカーがやってきた。

「覚醒剤《シャブ》だ。本庁へ運んでくれ」

パトカーの警官は、高樹に敬礼をすると、堀を両側から挟みこんだ。

これで、富永は大きなトラブルを抱えるはずだった。自分の縄張で、覚醒剤を大きく動かされたと思った松島が、黙っているはずはないのだ。

高樹は、堀と一緒にパトカーに乗りこんだ。

「赤色灯を回して突っ走ってくれ。ちょっとばかり急ぐことがある」

運転の警官が、はいっ、と短い返事をした。

信号も無視して突っ走ってくると、新宿から本庁まで、二十分ほどで到着した。

通用口から中へ入ったところで、高樹は堀の手錠をはずした。自分の部屋へ連れていく。

「夜まで、おまえにはここにいて貰わなくちゃならん。まあ、ゆっくりしてろよ」

古川と松井に連絡をとった。両方とも、変った動きはないようだ。

「そこの椅子にかけろ、堀」

堀は、折り畳み椅子に腰を降ろし、うつむいた。高樹の顔を見ると、どうしても拷問を思い出してしまうのだろう。

「おまえは、根っからのやくざだね。なんだって、富永にくっついたりしたんだ?」

富永の陽動の意味について、高樹は考えていた。高樹をあの場所から動かしたかったということか。あるいは、もっと別の目的があったのか。まだ、それがはっきりする時間ではないだろう。

煙草をくわえ、マッチを擦った。ロンソンを和也にやってから、煙草の量がいくらか減ったようだ。

「どこかの、きちっとした親分のところへ行けば、おまえはそこそこ年季を入れたやくざになれたのにな。富永は、やくざとしては半端なんだ」

「大阪で、一度しくじったんですよ。幸い、大阪に入るなということで済みましたが。もう、五年も前のことになります」

それで東京へ流れてきて、富永についたということなのだろう。やくざの世界は、意外に狭い。ちゃんとした組織には、情報が流れていて、入りにくかったのだろう。富永は、そんなことは気にしなかったに違いない。

富永は、マフィアとかシンジケイトとか呼ばれる組織の体質に合った男で、やくざ組織とはどこか合わないところがある。義理の結びつきなどに、多分意味を見つけられない男だ。三年前の行動もそうだった。

「やくざで言えば代貸格のおまえが、宮部のようなチンピラと一緒か。若いやつらは無鉄砲だからな。そんなやつらと競《せ》るのは、まあつらいことだっただろう」

堀はなにも言わず、うつむいた姿勢を変えようともしなかった。

電話が鳴った。松井からだ。

「おかしいです。Pセンタービルに行った秋吉が、出てきません。秋吉と会った人間は、とうに出ていったんですが」

「もう少し、張っていろ」

「いまも、張っています。車の中からですわ。秋吉も秘書も、出てこないんです」

「無理をするな。そこで見ているだけでいい」

「駐車場と玄関を、同時に張れる場所です。駐車場には、それほど車の出入りはありません。一度、中に入る許可をください。Pセンタービルには、高校時代の同級生がひとりいて、訪ねていく理由はあるんです」

「いいだろう。ただし、十五分だけだ」

電話を切った。古川はなにも言ってこない。和也には動きがないということだ。

高樹は煙草に火をつけた。三十年近くもロンソンをいじっていた手だから、どうしてもマッチの擦り方がぎこちなかった。

「おまえも、喫っていいんだぞ。別に、正式に逮捕したわけじゃない」

堀が頭を下げ、ポケットから潰れかけたセブンスターの箱を出した。

「余計なお世話だが、富永についていても、おまえにゃなにも開けはしないぞ」

「一度、盃《さかずき》を受けた人ですから」

堀は、うつむいたまま煙を吐いていた。

富永に、盃などという古いやくざの概念はないだろう。もともと一匹狼で、それに似た人間に好意を示しているようだ。堀が頑固に古さを押し通しても、報われるものはなにもない。

「私にいろいろ喋ったことを、恥じてもいるようだな」

「てめえの口を、引き裂きたいですよ」

「あれは喋る。誰でもな」

「俺は、親分《おやじ》さんに、命を助けられたです。親分《おやじ》さんが懲役《つとめ》へ行く前のことですがね。俺ともうひとりを助け、それからひとりで相手の命《タマ》を取りに行ったんです」

あの時、富永はなかなかの男だった。自分で躰を張ったのだ。それがどれほど馬鹿馬鹿しいことか、三年の懲役で身に沁みもしただろう。三年前といまでは、富永はやはりどこか違っている。

松井から電話が入ったのは、正確に十五分後だった。

「秋吉は、七階の会社のどこかにいるだろうと思います。秘書のひとりを見かけました。七階に入っている会社は、一応全部メモしましたが、六社です」

「続けて張れ。それから、御本尊が出てきて車に乗ったら、尾行《つけ》なくていい。すぐに、この間の場所へ急行しろ」

「この間の？」

「君らが、私を発見した場所さ」

「そこに、誰かいるんでしょうか？」

「ああ、富永という男の身内がひとりな」

「わかりました」

高樹は、固有名詞を出して、堀に聞かれることを一応避けた。堀は、相変らずうつむいたままじっとしている。

「富永は、金ヅルを握ったんじゃないのか、堀？」

「知りません」

「心配するな。この間のような訊き方は、もうしないさ」

堀は、雑誌に関連して、河村康平の名前を吐いた。だからといって、富永がそこまでしか知らないと考えるべきではなかった。富永は、故意に河村の名前までしか堀に教えていなかったのかもしれない。高樹を狙わせた時も、宮部には殺せと言い、堀には怪我をさせるだけでいいと言っている。かなりしたたかな男になって、出所《で》てきているのだ。

「やくざも、守ろうと思うものを持つと、いろいろと大変なもんだな」

「半端者《もん》ですから。なにやったって、ひとつとしてきちっとできはしません。この世界だって、しくじったことがあるんですから」

「まあ、やくざはダニみたいなものだ、と私は思ってるがね。湿気があって、住み心地がいいところに、自然に発生してくる、ダニみたいなものだ。畳の裏にでも隠れてりゃいいのさ。表に出てきて、人間の血を吸うから、いろいろ問題が起きる」

電話が鳴った。

「新宿へむかいます。秋吉は、いま車に乗ろうとしてるとこです」

「赤色灯を出していいぞ。急行しろ。ただし、あまり近づくな。様子を伝えてくれるだけでいい」

「わかりました。ほかに、なにか？」

「なにもない」

煙草をくわえ、マッチを使った。

午後三時。街は明るい陽光に満ちている。

高樹は窓際に立ち、しばらく外を眺めていた。いつの間にか、この景色にも馴れた。最初にこの部屋に移った時は、外を眺めるなどという発想がなかったので、景色もうっとうしいだけだった。

「堀、家族は？」

「娘がひとり、どこかにいるはずなんで。女房《バシタ》と一緒ですがね。女房は、ほかの男と暮してるでしょう、もう」

「いくつだ、娘は？」

「十八ですよ。女房に似てりゃ、そこそこいい女だとは思うんですが」

「会おうって気は？」

「むこうが、迷惑するでしょう。もともと、俺の稼業を嫌ってましたんでね」

「それでも、足を洗えなかったか。やくざってのも、不思議なもんだ」

「こういう世界が、好きなんじゃねえかと、時々思います」

「いい親分《おやじ》に会えればだ。そしてそんな男は、滅多にいない」

堀は答えず、新しい煙草に火をつけた。

古川から一度、ほとんど動きがない和也のことで報告が入った。朝から、昼食以外は事務所を出ていないらしい。

三十分ほどして、松井からの報告。

新宿の富永の事務所を、十人ばかりの松島のところの若い者が占拠しているという。覚醒剤の噂に踊らされ、松島は頭に血を昇らせたはずだ。その程度の男だった。

「もう少し、待ってみようか」

「警視、いま黒い車が戻ってきました。富永ですわ。なにか言い合いをしてます」

「ひどいことになりそうかね？」

「富永が、問い詰められているような恰好です。四人ばかりで、富永をどこかへ連れていこうとしてますね」

「まあ、いいだろう。所轄のパトを呼んで、静かにさせろ。本格的なやり合いになると、通行人が巻き添えを食いかねない」

「もう、来てるみたいです。赤色灯が見えてます。三台。近所で警戒してたみたいですね」

「わかった。引き揚げていいぞ」

「いいんですか？」

「それ以上、なにも起こらんよ」

陽動はこちらの勝ちだろう、と高樹は思った。富永と秋吉が、Ｐセンタービルで会った可能性が強いことも、しっかり摑んだ。留守の間に、富永の事務所も混乱させることができた。静かな水面に、大きな石を放りこんだ恰好にはなったのだ。

「帰っていいぞ、堀」

堀はちょっと頷き、腰をあげた。

「なんのためだったんでしょうか、旦那?」

人間の関係を、どこかで浮きあがらせるためだった。いまのところ、高樹が思った通りの関係が浮かびあがっている。

「おまえに、足を洗わせたくてな。余計なお世話だったようだ」

「ほんとは、なんのためだったんです?」

「おまえと、おまえの親分《おやじ》と、私の、運試しみたいなものだった」

「そうですか」

堀が頭を下げた。

「エレベーターで一階まで降りて、玄関から出ていけよ。一度ぐらい、そんな体験もいいじゃないか。それから、誰の運が強かったか、訊かなくてもいいのか?」

「張った目は、ひとつですんでね」

「なるほどな」

高樹は堀に背をむけ、窓の外に眼をやった。

松井が戻ってきたのは、四時半過ぎだった。もう一度、報告を聞き直す。新しい発見はなかった。富永が戻ってきた時に、一緒だったのが宮部と新顔が二人ということがわかったぐらいだ。

「古川さんは、まだでしょうか?」

「もうしばらく、粘って貰うことになるな」

「あたしが応援に。古川さんは、ほかの本部に入っている身ですから」

「必要ない。課長の了解は私が取った」

「わかりました」

松井は大人しく自分の席に腰を降ろし、それから、あっと声をあげた。

「警視、ライターはどうなさいました？」

「なくしたよ」

「そんな。あんなに大事になさってたのに」

「大事なものを、なくすのは馴れていてね」

高樹が笑っても、松井は驚いたような表情を変えなかった。

古川から連絡が入ったのは、五時を過ぎてからだ。

「なにか、大騒動が起きました。はじめに、田代和也とほかに二名が飛び出してきて、東京駅へ行きました。新幹線で熱海へ行くようです。このまま、熱海まで張りつきましょうか」

「いい。戻ってこい」

「しかし」

「おまえに、しかしという言葉はない」

「わかりました」

電話を切った。

こちらの方でも、動き出した。というより、河村康平に異変が起きたということだろう。自分が投げこんだ石は、絶妙の時機だった、と高樹は思った。それは、暗さといまいましさの入り混じった思いでもあった。

5

古川と松井直子がむき合って座っていた。その二人を等分に見るように、高樹のデスクがある。三つのデスクの上には、資料ひとつ拡げられていなかった。

「ここはいいな。こうやってデスクに腰を降ろしていると、こぢんまりしてて落ち着きますよ。俺も、ここに移りたいや」

何度目かの心筋梗塞の発作に襲われて、河村康平が死亡したことは、病院に電話をして確認した。午後四時五十分ごろだという。

すでに、午後七時を回っていた。古川と松井は簡単な腹拵《はらごしら》えをしたようだが、高樹はなにも口にしなかった。

「これからだが」

高樹は口を開き、煙草に火をつけた。マッチを使っても、古川は気づかなかったようだ。

「捜査会議だと思って欲しい。私流のな」

「捜査に、参加させて貰えるってわけですね」

「もう、参加してるじゃないか」

松井は、いつでもメモをとれるように、ボールペンのキャップをはずしている。

「三年前の、富永利男の殺しを、私が逮捕《あげ》た。今回の事件に首を突っこむきっかけになったのはそれだが、一応、脇にどけておきたい」

「つまりは、抗争だった、という見方ですね」

「確かにそうだったよ。単純な抗争と言っていいだろう」

「俺は、あの時の富永の姿が、どうしようもなく頭に焼きついているんですがね」

「三年というのは、人を変える」

「でしょうね」

「とにかくだ、私は、河村康平と秋吉英一の対立を根本に置いて、すべてを分析するのが妥当だという結論に達した」

「河村や秋吉の名前を、警視はどこで摑まれたんですか？」

松井が、はじめて口を開いた。高樹は煙草を揉み消した。

「そういう質問は、控えてくれ。私が、君らに流れを説明するだけだ。いいね」

松井よりさきに、古川が頷いた。

「二人の対立といっても、河村の秋吉に対する恨みだった、と言っていい。長年、抱き続けてきた恨みだな。死期が迫って、その恨みが燃えあがった、という感じだったかもしれん、と私は思ってる。とにかく、河村は秋吉に仕掛けた。ひとつのことでね。それで、秋吉を蟻地獄に落とそうとしたわけさ。実際、秋吉は落ちているよ」

「表面上、あの二人に深い関係があるとは思えませんがね」

「介在している者が多すぎる。まず、秋吉の息子の交通事故がある。これは、河村が仕掛けた可能性が強い。轢き逃げで、揉み消しに秋吉も奔走しているのに、なぜか証拠写真が何枚もあるらしい。秋吉の息子の姿も、事故を起こしたベンツも写っているそうだよ。一旦車から降りて、怕くなって逃げたというところだろう」

「脅迫の材料を、河村はしっかりと摑んだわけですね」

「問題は、それの使い方だ。つまり、雑誌がそこに出てくるわけだ。秋吉の後援会に配る雑誌になるはずだったんだよ。実質は河村が握っていながらね。秋吉に政治献金をしている業者に広告を出させる。年間一億という規模だったらしい」

「毎年それが続いて、政治献金は河村の方に入ってしまうというわけですね」

「単純に言うと、河村は一億取る。秋吉は、一億減るにもかかわらず、貰ったことにはなる。二億の損失かな。それが、ずっと続くわけだ。河村が考えた蟻地獄は、これだろうね」

「どこで、今度の事件と繋がりますす？」

松井は、すでにメモ用紙に何行か書きこんでいる。古川はメモをとる様子もなかった。高樹は立ちあがり、コーヒーメーカーからコーヒーをカップに注いだ。それから煙草に火をつける。

「四カ月前の、富永典男の殺害からだ。富永典男は、河村に息子のようにかわいがられていた。中学から育てられてね。そういう息子が、河村には二人いる」

「もうひとりが、田代和也ですか」

「そうだ。富永典男は、田代のように直接河村の事務所にいるというわけではなかった。それで、河村は富永をその雑誌に使おうとしたのだろうと思う。半分以上は私の推測で、当たっているかどうかはわからんが、かなりの確度だとは思っている」

「富永典男は、沖山に殺《や》られた。それも抗争で。そういうことになってますが」

「まず、秋吉はうまく富永典男を殺《け》したかった。証拠物も手に入れるかたちでな。轢き逃げは殺人扱いで、揉み消そうとした秋吉は、場合によっては共同正犯だ。嵌《はま》った罠から逃れるには、それしかなかっただろう。それで、誰にやらせるかを選んだ」

「富永利男に先代を殺《と》られている沖山、ということになりますね。適当な人選です。殺《や》ったあと、抗争というかたちにもできる。兄貴が出所てくるひと月前だし」

「ほんとうに抗争なら、出所《で》てくる兄の方を殺《と》るさ。弟は、その筋の人間じゃなかった」

「無理にその筋の人間として扱って、沖山は若い者《もん》を自首させた。これで完璧な抗争です。出所《で》てきた兄貴が報復を狙うだろうと、俺は考えましたよ」

「三年で、富永利男は大人になってたさ。それに、弟が抗争で殺《と》られたわけじゃないのは、兄が一番よく知ってただろう。殺《と》られるなら、自分のはずなんだから」

「そこまでは、なんとかわかりました」

　松井が言った。メモ用紙は、もう一枚が埋まりかかっている。

「沖山も、抜け目はなかった。ただ殺しを請負って、直系の若い者《もん》を自首させるなんて、商売にもならんからな。どうにかして、雑誌のことを調べあげたんだろう。それで、富永典男を殺《と》ると同時に、雑誌を自分がやろうと考えた。証拠物も、手に入れたんだろう。しかし、秋吉の政治力に頼らなければならないところもあったから、五千万に下げた。そういう話だ」

「沖山は、やはり抜け目がないんでしょうね。先代が死んで、傍流にすぎなかった沖山が、不安定とはいえ頂点に立ったんだから」

「沖山は、森口という男に、雑誌をやらせようとした。やくざが表面に出るのは、やはりまずいさ。沖山と森口は、以前から関係があったと思える。ところが、その沖山が殺《や》られた。それで、森口が証拠物を握ることになって、女房と一緒にまた殺られた。これが今回の事件だ」

「複雑だな。警視の話を頭に入れると、今回の事件はいっそう複雑になります」

「まず、沖山を誰が殺したがったか。利害が一番絡んでいたのは、秋吉さ。河村の半分とはいえ、沖山に弱味を握られているわけだから。とすると、沖山を誰に殺させるかということになる」

「当然、弟を殺された富永利男に眼をつけますよね」

「そのつもりで、秋吉は出所した富永利男に接近したのかもしれん。富永典男を殺させた黒幕が秋吉だということは、うまく隠蔽してあるわけだから、接近は難しくない」

「しかし、富永利男は殺しませんでしたよ。証人は俺です」

「ただ、殺すための手助けはした。トルエンを売るというような、無駄な攪乱を池袋でやって、沖山の身内を引きつけた」

「田代和也ですか、沖山を殺《や》ったのは」

「富永典男とは兄弟のように育ち、兄弟以上の間柄だったらしい。兄の方も、よく知っていた。三年前、ロスにいた典男に代って、利男の弁護士を捜したのは田代だ」

「つまり、二人には連絡があった。沖山殺しは、共同戦線を張った結果ということですか」

「単純に考えれば、そうなる。田代和也には、利害は絡んでいない。情のようなものが、衝き動かしただけさ。それを富永が側面から助けた。田代も、助けられたと思っているかもしれん」

「もっと裏があるんですね」

「田代に、沖山の行動は摑めんよ。池袋を攪乱するのに手一杯の富永もだ。一番摑みやすかったのは、殺したいと思いながらも、一応は組んだ恰好だった秋吉じゃないかね」

「とすると、秋吉はすでに富永利男を抱きこんでいた。秋吉から富永、富永から田代へ、情報が流れたってことですか」

「弟のためだといって、池袋を攪乱していた富永を、田代は信用しただろうしな。それで、広尾のマンションの存在を摑んだ。そこで、秋吉は沖山と会う約束でもしていたのではないか、と私は思っているよ」

「わかってきました」

「富永も、三年前の富永じゃないさ。田代が沖山を殺《や》る時間、わざわざおまえに見られて、アリバイを作ってるんだよ、古川」

「やはり、俺は見せられたんですか」

「考える男になった、ということだろう。沖山が、なぜ秋吉に狙われるか、調べもしただろう。出所《で》て三カ月経って、ようやく動きはじめたわけだからな。森口のことも摑んでいた。森口夫妻を殺ったのは、富永利男だと私は見ている。そして、轢き逃げの証拠物を手に入れた。いまは、秋吉と富永は、微妙な関係になっているだろうな。富永には、いまのところ秋吉の庇護《ひご》が必要だ。秋吉は、証拠物を握られたまま庇護するのは面白くない。実に微妙なところさ」

古川が、大きく息をついた。

松井は、何度もメモを読み返している。

「事実として立証できるのは、この話の中に飛び石のようにしてあるだけだ。あとは、私の推測だよ。正式の捜査会議じゃ、歯牙にもかけられん意見さ」

「驚嘆に値します。俺は、そう思いますよ」

「田代和也が沖山を殺《や》った、という部分だけが、説得力に乏しい気がしますわ。ほかの部分は、論理的なのに」

そこに、一番確実なものがある。つまりは、けものの血。田代幸太の血。自分にも流れている、同じ血。思うだけで、言えることではなかった。

高樹は煙草に火をつけた。マッチの硫黄の匂いが、どうも好きになれそうもない。

「警視、田代和也のことですが」

「いいんだよ、松井」

「えっ、だって」

「田代和也は、警視のライターを使っていた。昼めしの時にな。俺は、びっくりして声をあげたくらいだがね。それから、ただ田代を張ればいいんだと思った。なにも考えずに、ただ張ればいいんだとな。その気持は、いまも変ってない」

「どうして？」

「女にゃわからんか。田代和也は、警視のライターを使っていた。それ以上、俺たちが考えることじゃない」

松井が黙りこんだ。

「ポイと、爆弾に似たものを放りこむ。それで、いままで推測でしかなかったものが、次々に事実として明らかになる。それが、私のやり方なんだ。特に、相手が政治家だったりした場合はな。愚図愚図すると、圧力ですべて潰されかねん。正式の捜査会議にはかけられないんだ」

「それで、いつ爆弾を？」

「爆弾に似たものさ。そして、私の推測が正しければ、それは爆発する」

「なるほど」

「河村の葬儀あたりが、狙い目かな。富永はともかく、秋吉は出席するだろう」

「どうやるんです？」

「すべて、私が自分で決める。君らに、手を出して貰いたくないんだ」

「なんとなく、俺は警視のことがわかってきましたよ。俺たちに手を出させないというのは、相手が秋吉だからでしょう。下手をすると、圧力の方がさきに来て、俺も松井も、どこかへ飛ばされる」

「自分でやりたいだけなんだよ、古川。今度のことだけは、自分でやりたい。きわめて個人的な事情でな」

古川が、足もとに眼を落とした。松井は、じっと高樹を見ている。

「それでも、なにかに使っては貰えるんでしょう、警視。俺も松井も、ここまで知っちまってるんだから」

「私ひとりじゃ、動きがとれん場合もある。なぜそう動くかわからずに使われても、動いて貰いたいんだ」

「わかりました」

松井は、まだ納得していないようだ。

「俺たち、もう帰ります。明日は、定時にこの部屋へ出てきますよ」

古川が、松井の腕を引っ張った。松井は、まだなにか言いたそうだ。

二人が出ていくと、高樹は窓際に立った。外は暗く、ガラスに映った自分の姿が、やけにはっきりと見えた。

二人に喋ったのは、自分が途中でやめてしまうかもしれない、という恐怖があったからだ。喋ることで、もう一本あった道を、完全に消した。

人間のやることじゃない。高樹は、ガラスの中の自分にむかって呟いた。けものの道を歩き続けてきた。ここで人間になる方が、おかしいことなのだ。

おまえが、刑事という仕事の中に閉じこめておけと言った俺のけものは、こんなになっちまったよ、幸太。そしていま、おまえの息子まで、食い殺そうとしている。

鼻唄。『老犬トレー』。あそこが、ふるさとだった。自分のすべては、あそこで、幸太と懸命に生きた、数カ月の時間の中にある。

あの焼野原に帰りたい。心の底から、こみあげる思いだった。すでに、遠くから望むことしかできなくなっている、あの黒々とした焼野原に、一度だけ帰りたい。

むなしい思いだった。

第五章

1

河村康平の葬儀は、十一月十日、金曜日に決まった。明日だ。

高樹は一度本庁へ出、それからすぐに車で横浜にむかった。どこへ行くのか、古川も松井直子も訊かなかった。

首都高から横羽線に入る。高揚していた。興奮と言った方がいいかもしれない。眼の前にあるすべてのものを、弾き飛ばしてでも前へ進みたい。全力で、突っ走り、走りきってしまいたい。

右に左にと先行車をかわした。百七十、百八十。車はかなり多い。パッシングを続けた。緩いコーナー。続けさまに二段落とし、全開で曲がる。パトカーが追ってきた。高樹は舌打ちをし、ルーフに赤色灯を載せた。パトカーが、追跡を中止した。追われても、追いつかれはしない。ミラーに赤い光の点滅が見えるのが、うるさいだけだ。

赤色灯を出したまま、走り続けた。二百を越えている。リミッターがカットしてある車だった。足まわりも固めてある。

右へのコーナー。後輪が滑る。カウンターを当て、車体を横にしたまま曲がりきった。どこかにぶつかれば、ほとんど即死だろう。ぶつかってもいい。そういう気持があった。躰の中で、心の中で、けものが暴れている。なぜ、暴れているのか。考えはしなかった。十年、いや二十年、けものは大人しく高樹の内部で、静かに眠っていた。眼を醒しただけのことだ。

思い出した。十三歳のころ。和也を殺した男。この手で、射殺した。何発も、四五口径の弾をぶちこんでやった。そして走った。胸が破れそうになるまで、走った。一緒に走ったのが、幸太だ。その幸太の息子が、また和也という名だ。そして今度は、自分が間違いなく和也を殺すだろう。自分に四五口径をぶちこむ男は、現われるはずもない。

考えている、というのではなかった。思っているのでもない。いま、この瞬間、十三歳の自分を、高樹は生きていた。

標示。ふと眼に入った。もう横浜だ。新山下で、高樹は高速を降りた。そのまま、山下埠頭《ふとう》に車を突っこんでいく。

岸壁の先端。ほんのちょっと、一瞬だけ、アクセルを緩めなければ、海へ突っこむことができる。ブレーキを踏みながら、二段落とした。停る。先端から一メートル以上も手前で、停る。死までの、一メートルの距離。長かった。永遠に到達できない距離のように、長かった。

大きく息をつく。車から這い出し、岸壁にうつぶせに倒れる。

「警察の人か。なんかあったのか？」

声をかけられた。気分が、いくらか落ち着きはじめていた。エンジンはかかり、赤色灯は回りっ放しだった。

「逃がしたんだ」

「犯人をかね？」

男は、ヘルメットに作業着という姿だった。

「けものを、逃がしてやろうとした」

言って、高樹は立ちあがった。こんなことで、自分のけものは逃げはしない。

「くやしくてね、岸壁を拳で叩いてたとこですよ」

「そうならいいけど、びっくりしたな。パトカーじゃないもんな、これは」

「おどかして悪かった。もう行きますよ」

赤色灯を中に入れ、高樹は車に乗りこんだ。

バックして、方向を変える。埠頭のコンテナのそばまで走り、そこでしばらく車を停めた。上着の胸のポケットの櫛《くし》で髪を整えた。白い髪。ミラーに映しても、黒いものが一本も混じっていないような気がする。

呼吸も鎮まっている。荒れ狂った自分を、高樹は不思議とも思わなかった。この程度で済んでしまう。長く心で飼い馴らしていたけものも、すっかり歳をとった。

煙草をくわえ、マッチで火をつけた。吹き消したマッチは、窓の外に弾き飛ばす。

「行くか」

自分にむかって呟いた。車を出す。滑るように、車は発進する。スキッド音すら残さなかった。

市街に車を入れた。もう、飛ばす気も起きてこない。渋滞の中を、ノロノロと走った。ひとつの場所。たったひとつだけの場所。そこに近づきたくなくて、ただ走り回っているようなものだった。ほんとうに近づきたくないのか。心の中には、こみあげて支えきれないほどのものがある。いろいろな思いを抱いては、そこに行き着けないだけのことだ。走り回りながら、思いのひとつひとつを振り落としていく。そうしているだけではないのか。

商店街。車を停めた。しばらく、車の中でじっとしていた。煙草。短くなると、火も消さずに窓から弾き飛ばした。

いるはずはない。自分に言い聞かせた。

車を降りた。商店街を歩き、酒場の並んだ通りへ曲がった。昼の光の中に、ひっそりとネオンが照らし出されている。人の姿はまばらだった。

高樹はネクタイを緩め、ズボンのポケットに両手を突っこんだ。猫が一匹、路地から駆け出してくる。高樹の姿には、見向きもしなかった。靴音が耳につく。背後の街の音に紛れていかないのだ。

足を止めた。『孔雀』のネオンを、高樹はしばらく見つめていた。眼をそらしそうになる自分と、闘った。ただの看板。そう思いこもうとする。一歩、踏み出した。二歩目は、自然に出ていた。近づいてくる看板を見つめたまま、高樹は歩いた。真下を通りすぎる。ふりむかなかった。歩き続ける。通りを抜け、大きく迂回《うかい》し、高樹は車のところへ戻ってきた。

駐車違反の取締をしているらしく、ワイパーに紙片が挟みこんであった。引き抜いて、掌の中で丸める。

「あんた」

声をかけられた。婦警が二人だ。

「どういう気よ、それは」

「どけ、車を出すぞ」

「駐車違反だってのが、わからないの。レッカー移動をするわよ、この車」

「表の通りで、通行の邪魔になっている車がいる。あれをまず取締りなさい。こんなところで、社会の迷惑になるような取締をやるんじゃない」

「社会の迷惑だって。署まで同行して貰うわよ」

「緊急車輛《しやりよう》だ、これは。中を見れば、それぐらいわかるだろう。おまえたちはいま、捜査の邪魔をしてるんだぞ。それにだ、警視庁捜査一課の警視にむかって、署まで同行しろだと。神奈川県警では、女子高生に警官の制服を着せているのか」

高樹の剣幕に、二人ともたじろいだようだった。直立の姿勢で、教師に叱責を食らっているという感じだった。

高樹は車に乗りこみ、エンジンをかけると一度大きく空ぶかしをした。

縦列駐車の車の列から、一度のハンドル捌《さば》きで車を出した。

まだ直立したままの二人の婦警の姿が、ミラーの中で遠ざかった。

五分ほど走ったところで、高樹はまた車を停めた。

運河がある。その橋の手前だ。高樹は車を降り、橋を渡っていった。三十年前とは、まるで様子が変ってしまっている。当然だった。この橋のところに立っている街娼がいて、高樹はそれを買い、傾きかけたダルマ船の中で交った。幸太を追いつめて、ここまで来た時だ。

運河は途中から埋立てられ、澱《よど》んだ水があるだけだった。ダルマ船が二隻、放置されている。朽ちかけて、片側の舷側は水に浸っていた。

煙草をくわえた。

この先に、パン工場の粉の倉庫があった。それも、いまはない。口笛を吹いた。『老犬トレー』。二度、三度とくり返した。気づくと、指の間で煙草が短くなっていた。

いくら口笛を吹いても、幸太が出てくるわけはなかった。三十年前は、この口笛に、幸太の口笛が重ね合わされてきた。それから、撃ち合った。いや撃ち合おうとして、実際に撃ったのは高樹だけだった。

もう一度、『老犬トレー』を吹いた。四十数年前。焼野原。孔雀城と名づけた、小さなねぐら。あそこに、ふるさとがあった。『老犬トレー』に唱和してくる、幸太がいた。

いまここで、口笛を吹くことに、なんの意味もない。遠すぎるほど遠い、ふるさとをむなしく見ようとしているだけだ。

もう一本、煙草に火をつけた。

おまえは刑事を続けていけ。刑事という仕事に、おまえをとじこめておくんだ。そう言って、幸太は死んでいった。そして高樹は、いまもまだ刑事だ。

思いというものは、なぜこれほどにも重いのか。再婚したという里子が、ここの近くで『孔雀』という名の酒場をやっているのも、やはりその重さに繋ぎとめられているからなのだろう。

火のついた煙草を、高樹は運河の水に弾き飛ばした。

緩めていたネクタイを締めあげる。それから歩きはじめた。

本庁に戻ったのは、午後三時だった。

「情報が入ったので、確認だけしてくると、古川さんは出かけました。館山《たてやま》沖から、外国船に乗ろうとしている人間がいる、という情報です。警視が戻れと言われるなら、すぐ戻るそうです」

「やりたいように、やらせておけ」

明日の河村の葬儀まで、大したことは起きないはずだ。

松井直子は、気を遣ったのか、コーヒーではなくお茶を淹れて運んできた。

「あたし、きのう伯父のところへ行って、警視のことを聞きました」

「伯父さん？」

松井という警部補が、かつて捜査一課にいた。幸太の射殺現場に駈けつけてきたのが、松井警部補だ。

「すると」

「そうなんです。三十年前、伯父は捜一にいたそうです」

「同じ名だとは思っていたが、めずらしい名というわけでもないからな」

「懐しがっていました、伯父は」

腕のいい刑事だった。五年ほどして異動になった。それから間もなく、警察を辞めたという話を、風の噂で聞いた。

「どうしておられる、いま？」

「小さなレストランをやってます。立川の方です。大衆食堂に毛の生えたような、レストランですが」

「ほう。もう還暦は越えられたはずだな」

「あたし、三十年前の話、聞きました。田代幸太という人のこと」

「それで？」

「田代和也は」

「やめなさい。君にはなんの関係もないことだ」

「怕いんです」

「なにが？」

「わかりません。でも、なにか怕くて、あたしきのうは眠れませんでした」

高樹は煙草をくわえ、マッチを擦った。松井はまだ、高樹のそばで立ち尽している。お茶を啜《すす》った。湯気が眼にしみた。

「君が、あの松井警部補の姪御《めいご》さんとはな。伯父さんの影響で、警察に入ったのかね」

「そういうわけでもありません。伯父が刑事だったことは知っていましたが」

「いろいろ、教えて貰ったよ」

「今度、食べに来てくれ、と伯父から伝言を頼まれてます。カツとポテトサラダには、自信があるそうですから。あたしは、あまり好きじゃないんですが」

「今度のことが片付いたら、案内して貰おうか」

「約束、ですよ」

松井の口調に、いくらか切迫した感じがあった。高樹は煙を吐いた。

「それからこれ、いやじゃなかったら使っていただけませんか。マッチを擦るたびに、警視は苦しそうな顔をしていらっしゃいます。多分、硫黄の匂いが悪いんだと思いますわ」

ライターだった。大して高いものというわけでもないだろう。発火石は入れず、電子の火花でガスに着火するというやつだ。

火をつけてみた。金属的な音がして、ガスに着火する。

「いいね」

「使っていただけますか？」

「若い娘からのプレゼントというのは、私には記念すべきものだよ。一生、そんな機会はないのかと思っていた」

かすかに、松井が笑みを浮かべた。高樹は、もう一度、電子ライターの音をさせた。

オイルとは違う青白い炎が、高樹の吐く息でかすかに揺れた。

2

五百名ほどの参列者だった。

渋谷区内の斎場である。花輪の数も多い。それでも、どこか淋しげなものがあった。河村康平が、晩年は表舞台から姿を消していたからなのか。河村事務所は、所有する三つのビルの管理と、コーヒー豆の輸入が主な仕事になっていたようだ。コーヒー豆の輸入がどういう意味を持つのか、判然としなかった。河村が計画した新しい事業が、途中で進行停止という恰好になっていたのかもしれない。

和也は、受付の後ろの方にいて、葬儀全体に気を配っているようだった。遺族のところには、二人の老人と若い女がいるだけだった。どういう関係かは、わからない。新聞などで見知った顔がいくつかあったが、ありきたりの葬儀だった。

高樹は、車の中で待っていた。運転をしているのは古川である。

「館山の方は、やっぱり葬式が終ってからなんでしょうね」

「松井が張ってれば、いずれなにかが見えてくるさ」

館山沖から外国船に乗ろうと画策している人間が、河村事務所の関係者である可能性は強かった。松井が、周辺の漁船の動きを調査している。チームをひとつ投入しても、二日や三日で調査しきれるものではなかったが、なんらかの気配は察知できるかもしれないのだ。

「熱海と館山って、そんなに遠いわけじゃないんですよね。陸上を行くより、ずっと近いんです。クルーザーで相模湾を横断すれば、あっという間です」

館山の動きを気にしているのは、高樹ではなく古川だった。熱海との海上距離が近い、ということがひっかかるらしい。熱海にいた河村は死んだが、古川もカンを働かせているのだ。そのカンそのものは、刑事にとっては大事なものだと言っていい。

葬儀の間、高樹は熱海の病院で会った、河村のことを思い出していた。枯れてしまっていたが、どこかにまだ妄執というものを残していた。それは、和也にはもっと強く感じられていたはずだ。

葬儀が終ったようだ。

棺が、霊柩車《れいきゅうしゃ》に載せられるのが見えた。霊柩車と数台の車が走り去ってから、高樹は散りはじめた参列者の中に入っていった。

「秋吉先生ですね。本庁捜査一課の高樹という者です。ほんのわずかで結構ですので、時間をいただけませんか？」

「アポイントを取りたまえ。こんな場所で無礼じゃないのか」

高樹を叱責したのは、三十歳ぐらいの若い秘書だった。秋吉のむくんで目蓋が垂れさがったような眼が、じっと高樹にむいて動かなかった。

「失礼を承知の上ですが、これはかなり個人的な行動でしてね」

「ならばなおさら」

「アポイントを頂くのは構いませんが、その場合は私個人ではなく、上層部の許可も貰うオフィシャルなものになりましてね」

「そうするのが、当然だろう」

「捜査一課は、殺人などを扱うところで、オフィシャルなかたちになると、いろいろうるさいことも出てくると思いますが」

殺人という言葉で、若い秘書はいくらか怯《ひる》んだようだった。それでも、横柄な態度そのものは変らない。

「それに、先生御自身のことではありませんし。葬儀の人の中に紛れてうかがった方がいいと思いまして」

「車を、人が少ない方へ回しておけ。高樹君と言ったね。歩きながら聞こうか」

秘書が走って行き、高樹は秋吉と肩を並べる恰好になった。どこかで、和也は見ているだろう。

「河村康平氏とは、お知り合いですか？」

「葬儀に列席している。それを見れば、自ずとわかるだろう」

「なるほど。いや、話題がなかなか切り出しにくいものでしたのでね。御子息が、交通事故を起こされた、という情報がありまして」

「それを、一課で扱うのかね？」

「轢き逃げという情報です。それは、殺人罪が適用される可能性が高いものです。御子息に直接うかがいたくても、いま、ヨーロッパ駐在とかで」

「その馬鹿げた情報というのは、警察が摑んだものかね。それとも君個人か？」

「私、個人です。秋吉先生が、揉み消しに奔走されたという、おまけまで付いていまして」

「かなりの確信を持ったわけか、私に直接訊いてくるところをみると」

「情報の信頼性が高いということです」

「なにによって、その信頼性は判断する？」

「噂などではなく、物証か、それに準ずるものですな」

「なぜ、君は独断で動く？」

「事故が現実にあったとしても、仕組まれた事故だったという可能性があります。つまりきわめて複雑で、もっかは事故を単独では考えられません」

「私は、なにも知らんよ」

「そうですか」

高樹はゴロワーズをくわえ、ライターで火をつけた。駅とは反対方向で、人は少なくなっていた。秋吉は、前方に眼を注いでいて、高樹を見ようとはしない。

「物証か、それに準ずるもの、と言ったね」

「気になりますか？」

「当たり前だろう」

「御子息が写っている、写真でした」

「でした？」

「チラリと見せられただけでして。しかも、御子息の顔を私はその時知りませんでした。後に知りはしましたが、照らし合わせるということはできなくて」

前方に、黒塗りのプレジデントと、そばに立っている秘書の姿が見えた。住宅街で、車も人も少ない。秋吉は、かすかに息を切らしていた。いやそれがふだんの息遣いなのか。でっぷりと肥《ふと》っていて、下をむくのも苦しそうな感じだ。心臓で倒れるなら、河村よりこちらの方だろうと思えてくる。

「悪質だな」

「しかし、情報というのは確認する必要もありましてね」

「君に、写真を見せた人間さ。見せるぐらいなら、なぜ提供しない？」

「押収する理由が、その時はありませんでした。いまは、事故の記録そのものも抹消されているんです、なぜか」

「思わせぶりだね」

「事故は、起きているはずなんです。近所の交番の巡査が立ち合っています。その後、事故の扱いが他の部署に替って、そうしているうちに、正式な記録として残らなくなっています。つまり、抹消するための力が働いたということですな」

「証拠は？」

「ありません」

「幻の写真が、すべてか。私がどういう立場にいるか、知っているね」

「だから、きわめて個人的にうかがっているわけです。今後、周辺でうるさいことがあるかもしれませんが、それは御容赦くださいということも、ここでお願いしておかなければなりません」

秘書が、車のドアを開けていた。なにも言わず、秋吉は車に乗りこんだ。秘書も助手席に乗りこんでいく。車が走り去った。

「尾行《つけ》ますか？」

古川が車を回してきた。

「いや、いい。充分な揺さぶりをかけた」

助手席に乗りこみ、高樹は言った。

「それにしても、河村康平の妄執というのはすごいものだ。毎年毎年、政治資金から一部が削られていく蟻地獄と言っていたが、それは潰《つい》えた。すると今度は、人を殺していかなければならない、蟻地獄だ」

「まず、富永典男、それから沖山、森口夫妻。そして、誰ですか？」

「写真を持っている人間さ」

「じゃ、富永利男ですね。警視はもう、この筋道に確信を持っておられるんですか？」

「松井の方は、相変らずか？」

高樹は話題を変えた。車は大きな通りの渋滞の中に入っていた。

「釣船のチャーターという可能性が強くなっています。沖山殺しだけは、田代和也でしょう、警視の推測では」

「違うと思っているのか？」

「そうではなくて、河村が亡くなったいま、田代和也はすぐにも逃亡を企てるだろう、と俺は思うんですよ。館山の動きも、どうも河村事務所と関係があります」

「眼は離せんな。しかしそっちは、おまえに任すことになりそうだ、古川」

「警視は、富永利男ですか？」

現在、殺人容疑と考えているのが、和也と富永利男の二人だった。どちらかを、古川は自分で逮捕《あげ》る気でいるのだろう。

「どちらがどちらと、決めてはいない。私は東京を離れにくいと思う。それだけだ」

「わかりました。松井との連絡は、緊密になるようにしておきます」

「場合によっては、所轄署に応援を依頼しろ。パトカーの二、三台は出して、聞込みの協力ぐらいしてくれるだろう」

「動きが本格的になったら、そうせざるを得ない、と思います」

途中で、高樹は車を停めさせた。

「富永のところですか？」

「まあな」

それ以上、古川はなにも言わなかった。高樹は、ガードレールを乗り越えて、舗道の人波に紛れこんだ。


松島の事務所は、殺気立った雰囲気に包まれているようだった。百メートルも離れた場所からでも、それが感じられる。

きのうの深夜、覚醒剤に関して所轄署の大規模な捜索があり、それは今朝まで続いていたはずだ。半分以上のルートがやられ、松島の組織はひどい苦境に立つことになる。

公衆電話を使った。

「俺のとこが、どんな様子か、旦那、知ってるでしょうが」

「それについて、気にかかることがあってな。事務所じゃ喋れん。あんたの車を出してくれないか？」

松島は、おまえとか呼び捨てとかにされるのが嫌いだった。そんなことにこだわる男も、やくざの中には時々いる。

「俺はですね、旦那」

「嵌められかかってるんだよ。もう、半分は嵌められちまってる」

「と言うと？」

「気がつかんのか。なんで、いきなり捜索《ガサ》が入ったと思ってる」

「じゃ」

「とにかく、車を出せ。途中で私を拾うんだ。話は、車の中でしよう」

場所を言い、高樹は電話を切った。

五分も待たずに、松島のベンツがやってきた。後部座席には、弾避《たまよ》けがひとり乗っている。その男を引き出し、高樹は代りに乗りこんだ。

「ゆっくり走らせろ。またここへ戻ってくるぞ」

「旦那、どういうことなんです。密告《タレコミ》ですかい？」

「多分な。所轄署じゃ、まだ詳しい報告をしてきてないようだが。ほかに、考えられるかね。いままで、無事だったルートなのに」

所轄署に、本庁のデータを流したのは、高樹自身だった。本庁の方が、情報の量は多い。管轄区に関係なく、綜合的に判断していけるからだ。

「でも、なんで旦那が？」

「私は、富永利男を狙ってるのさ。三年前にあの男を逮捕《あげ》たのも私だ。富永は、いずれ池袋を奪《と》るつもりだろうが、あそこはまだ手強《てごわ》い。もうちょっと分裂していかないことにはな。それまで、新宿でちょっと力を蓄えようってとこさ」

「この間、旦那が捕り物をなさいましたよね」

「うまく踊らされた。ガセでな。そのあとすぐに、密告だ。私も、踊らされたまま、黙って引っ込みたくはない」

「富永の話を、俺は聞きましたがね。覚醒剤《シャブ》のひと袋も関係ねえようでしたぜ」

「いまのところな。踊らされたこっちが、間抜けだったのさ。考えてみれば、あんたのとこの物《ぶつ》が流れてるのに、別に流そうとすれば無理が出る。あんたの物が止まって、縄張《シマ》が渇ききった時が、大量に流すチャンスじゃないか」

「理屈は、わかります」

「上の方も、承知してることかもしれんぞ。あんたと富永を入れ替えるってな。その方が、上も都合がいいんだ。これはほんとうに内密の話だが、富永に触ろうとすると、警察に圧力がかかってくる。つまりは、大物が後ろにいるということさ。上の組織だって、そういう富永とあんたを較べてるんだろう」

かすかに、松島が頷いたようだった。

高樹は煙草をくわえた。ベンツの中には、テレビまで備えてある。灰皿も特注らしく、銀製のものが使いやすい位置に付けてあった。

「富永が俺の縄張《シマ》に事務所を出した時も、上から強く言ってきました。やっと事情が呑みこめましたぜ。その大物を、富永は動かしてやがるんだ。上も、こらえてくれとだけ言ってきましてね」

富永の事務所について、秋吉が動いたというのは間違いないことだろう。松島も、ただごとではない気配は感じたはずだ。

「でも、旦那がなぜ俺に？」

「警察に圧力までかけてくる大物と組んだ富永と、昔気質《かたぎ》のやくざ者《もん》のあんたと、どう較べたってあんたを選ぶさ。大物が後ろにいるということになりゃ、あんたと入れ替った富永は、もっとでかいことをやるようになる」

「そりゃそうだな」

「それに私は、富永に嵌められた自分が許せんよ。特に、三年前、自分の手で逮捕《あげ》た男なのにだ。私が言えるのは、ここまでだな」

「旦那もくやしい。そういうことですね。わかりますよ」

「事は、すごい速さで進んでるよ。私が想像していた以上だ」

高樹は、銀製の灰皿で煙草を消した。

松島は黙りこんでいる。考えるだけ、考えさせればいい。それほど長く、考え続けてはいられない男だ。

元の場所に車が戻ってきた。

高樹は車を降り、突っ立っていた弾避けの男と入れ替った。

3

待っていた。

触れるべきところには、一応触れた。次には、なにかが起きるのを待つしかない。

夜八時過ぎに、課長から電話が入った。具体的なことはなにも言わなかったが、圧力がかかってきたことを、高樹は感じとった。

古川は、夕方から館山に出かけている。どうしても、館山から眼を離せない。これも、刑事の習性だと言っていい。

待つのは、高樹の刑事としての習性だった。人の心に、動くきっかけを植えつけると、ただじっと待つ。なにかが起きた時、それまで曖昧だったものが、明瞭になってくる。

待つだけの高樹のやり方を、罵った男は何人もいた。待たれていた男よりも、高樹が待つ姿を見ていた男の方が多い。待たれていた男は、高樹に会うと妙に納得してしまうようだ。

高樹は、ポットの湯を使って、自分で日本茶を淹れた。圧力に、課長は何日耐えられるのか。それは、秋吉の圧力のかけ方にもよる。いずれにしても、二日や三日は、高樹のところで圧力をしのぐことは難しくなかった。それまでに、すべては片付くはずだ。

富永が襲われたという情報が入ったのは、午後十時を過ぎたころだ。銃撃で、何発か弾を食らった気配もあるので、本格的に命を狙われたということだ。四課が動きはじめている。覚醒剤関係のトラブル、と見ているようだった。

はじまった。高樹はまだ待っていた。

富永を襲ったのは松島で、多分若い者をひとり自首させて終りだろう。富永に、反撃する力はない。生きているなら、どこかに潜むはずだ。

「館山の動きが、活発になっていますが」

古川から報告が入った。河村事務所の人間が三人、館山にいるらしい。和也の姿はないという。河村が死んだあとの事務所が、どんなふうになっていくのか、見定める時間の余裕はなかった。和也が動かしている、という感じがいまのところはある。

「手の出しようがないんですよ。三人とも、釣りと称して、釣船を三隻押さえてましてね。こちらの眼をくらまそうと考えていることは、わかるんですが」

「館山に居続けるか、古川？」

「そうします。松井は帰しました。所轄署の応援が得られましたんで。そっちは、富永が撃たれたそうですが」

「動きはじめたよ、早速」

「俺は、館山で待ちます。最悪の場合でも、ここで押さえますから」

誰とは言わなかった。高樹も古川も、同じ人間を頭に描いている。ただ、動きはじめたという意味を、古川は違うように取った。

松島のところの若い者が、三人ひと組で富永を駆り出しはじめた、という情報が入った。やはり四課の情報だ。十二時を回っている。

ようやく、高樹は腰をあげた。拳銃も、携行していく。昔から、高樹は三八口径のニューナンブだった。

車で、赤坂にむかった。

富永の女がやっているという店。ネオンの明りは消えていたが、まだ中に人はいた。

高樹が入っていくと、女がじっと眼をむけてくる。店の中にいるのは、四人ばかりの客と、数人の女の子だった。高樹に眼をむけている女の方へ、真直ぐ歩いていった。カウンターのスツールだ。

「富永から、電話があったろう？」

手帳をちょっと覗かせて、高樹は言った。女は首を横に振った。

「富永を追っている連中にここを教えると、ひとたまりもないだろうな。酒瓶の一本までぶっ毀される」

客席にいる女の子たちの半分は、フィリピン人かタイ人のようだった。

「ここは、まだ摑まれていないんだな。なにもかもが、急に動きはじめたからな。富永は、もう駄目だろう。あの男が考えていたよりずっと早く、いろんなことが起きはじめた」

「だからって、あたしにどうしてやりようがあるんです。男が、本気で力を出しはじめたっていうのに」

「逃げてきた時、胸に抱いてやることくらいか。三年前、あの男を逮捕《あげ》たのは私でね」

「だったら、また刑務所に閉じこめてくださいよ。あそこにいる間、あたしは胸が締めつけられなくても済みます」

「今度は、長いよ」

「どれくらい？」

「十五年、は下らないだろう」

女の手が、カウンターの煙草を摑んだ。唇が小刻みにふるえ、女はうまく煙草をくわえることができなかった。

「待つには、長すぎる時間だね。富永も、待てとは言わないだろう」

ようやく煙草に火をつけ、女は続けざまに煙を吐いた。白いフィルターに、血のしみのように口紅の痕が残っている。眼が合った。いまのところ、女は富永の居所を知らない、と高樹は思った。

「厄介な男に、惚れてしまったな」

言い捨て、高樹は店の外に出た。

赤色灯を屋根に載せて、高樹は夜の街を走った。まだ車は多く、都心の道は結構混み合っていた。

自動車電話が入った。

「田代和也の、マンションの前です」

松井直子からだ。和也のマンションは、三田の桜田通りに面したところにあった。

「古川が、そこにいろと言ったのか？」

苦笑して、高樹は言った。

「田代和也の在宅は、確認していません。女の部屋かもしれませんが、そっちへは誰もいけなくて」

高樹に、行ってくれとでも言うような口ぶりだった。

「田代和也の女を、いつ調べあげた？」

「きのう、もう一昨日になりますが、警視が外出されている時に」

意味もなく高樹が横浜を走り回っていた間に、二人でしっかりと仕事をしていたらしい。

「場所だけ、聞いておこうか」

「等々力《とどろき》です。目黒通り沿いにあるマンションだそうです」

松井が言った住所を、高樹は頭に入れた。

「館山の動きはかなり切迫しているそうですから、田代和也も、動きはじめるはずです」

「見失わないようにしろよ」

言って、高樹は電話を切った。

運転に集中した。池袋まで、それほどの時間はかからなかった。赤色灯を中に入れる。池袋は平穏で、混乱の気配はなかった。

走り抜けた。

板橋の駅。駅前から少し離れた。まだやっている店があるのか、人はかなり多い。

二時過ぎまで、高樹は車の中にいた。

住宅街から歩いてくる人影に、見憶えがあった。堀だ。それほど周囲を警戒しているようではない。

高樹は車を降りた。堀は駅前へむかい、富永の行きつけだった小さな酒場の戸口に立った。看板の明りは消えている。三、四度ノックすると、内側から開けられたようだ。初老のバーテンと女がひとりだけの店。中にいたのがどちらだかは、わからなかった。五分ほどで、堀が出てきた。初老のバーテン。戸が閉められる時にチラリと見えた。

堀は、同じ道を戻っていく。

「待てよ、おい」

堀の足が止まる。高樹の声は、顔を見なくてもわかるようだ。

「富永の傷は、ひどいのか？」

「腿《もも》を一発。それが、一番ひどいだろうと思います」

「それで、おまえが使いか。内ポケットに入ってるもの、私に渡さないかね」

「旦那」

「まあ、持っていりゃ、危険なものだ。私が持っていた方がいいってことを、富永も認めると思うよ」

「そうですか」

あっさりと、堀は内ポケットから茶封筒を出した。中身は確かめず、高樹はそれをポケットに入れた。

「そろそろ、富永を見限ったか、堀」

「実は、このままどっかへ逃《ふ》けちまおうか、と思ってたところなんです」

「ここまで、入れこんだ富永を捨ててか？」

「最後の最後まで、入れこめねえ。そこが半端者《もん》の半端なとこなんでさ。いままで、ずっとそうでした。自分の半端を、愉しんでんじゃねえのか、と思えてくるぐらいでさ」

「それで、また流れるか。前に、大阪でしくじったと言ってたな」

「その前は、岡山でしてね。大阪に流れ、東京に流れてきました」

「じゃ、北へ行くわけだ」

「どことも、決めちゃいません。ただ、俺はまだ、あの人が好きでしてね」

「死ぬよ、富永は。一緒に死のうって気にはなれんのか」

「元行がついてます」

「私が、苛めすぎたのかな、おまえを」

　堀は答えなかった。富永が懲役を受けていた間、じっと待っていた男。そういうところを、富永は自分の気持の中で認めようとしてきたのか。派手に男を出すタイプを、富永はいかにも好みそうだ。

「別にとめんよ。このまま逃《ふ》けたけりゃ、逃げりゃいい。私はこれから、富永に会おうと思うんだがね。逮捕《あげ》ちまった、とでも言っておいてやろうか」

「ほんとに逮捕《パク》っていただけりゃ、俺も気が楽なんですが」

「忙しい。おまえにかまけてはいられない」

「でしょうね」

「富永についてるのは、宮部だけか？」

「そうです。二人は、逃《ふ》けちまいましたんでね。あの人は、ほんとに死にますか？」

「死ぬよ。誰も殺さなかったら、私が射殺しよう」

「おやりになるでしょうね、旦那なら。それがあの人のためだ、とも思っておられる」

「だから、どこかへ行っちまえ。おまえのように、人に認められない男ってのは、やくざに時々いる。それでやくざになったのに、その世界でも認めるやつがいない」

「男を張る稼業ですから」

「男を張り通してるやつを好きなのにな。その男がおまえを認めない」

「旦那を襲った時、元行にゃ殺せと言い、俺にゃちょっと怪我させろと言った。殺せと言われりゃ、俺は殺すのに」

「できないさ。おまえには、できんよ」

「そうですかね」

高樹が歩きはじめても、堀は付いてこなかった。高樹はふりむかなかった。

潰れた町工場の敷地の中の、小さな小屋。見えてきた。

高樹は低く、鼻唄をやった。戸口に立つ。

「いいかな、入っても。私ひとりだ」

「どうぞ」

富永の声だ。高樹は板戸を引いた。小さな明りが、ひとつだけあった。外からは、よほど注意しないかぎり気づかれないだろう。

ビールケースに凭《もた》れるようにして、富永は横たわっていた。

「弾は、抜けてるのか？」

「抜けてます。血も、止まりました」

「何発か食らった、と聞いたがね」

「あとは、肩を掠《かす》っただけです」

高樹は、煙草に火をつけた。

「あのライター、どうしたんですか？」

「なくしたよ」

「あれを、ですか」

「私が、私でなくなったのかもしれん」

富永が、ちょっと肩を動かした。その拍子に痛みが走ったらしい。顔が歪んだ。細いローソクの明りの中で、顔の皺がひどく深いものに見えた。

「堀は、逮捕《あげ》ておいた。それだけの意味じゃないことは、わかるだろうが」

「手に入れましたか？」

「あれは、私が持っていた方がいいと思う。どの道、おまえにはもう使いようがない。私なら、効果的に使えるよ」

「そうですね」

富永が眼を閉じた。高樹は、もうひとつあるビールケースに腰を降ろした。

外は静かだ。高樹が喫う煙草の赤い火が、かすかに見えた。宮部は、どこかに出かけているのか。それとも、逃げたのか。富永に、悪びれた様子はない。

「松島が、思い切って鉄砲玉を寄越すとは、予想してませんでした。話はついたはずなのに、また旦那に引っ掻き回されたかな。旦那にかかりゃ、松島はガキみたいなものだろうし」

「やられるだけのものが、おまえにあったということだ。松島も、無闇にぶっ放したりはしない」

「俺は、松島なんかとは較べものにならないような相手と、むかい合ってましたんでね。雑魚《ざこ》には眼もくれなかった。その隙を衝かれたってことですかね」

「その大物との話合いは、まだついていないんだろう？」

「さすがに、したたかでしたね。いまは、決裂って状態ですね」

「沖山を殺《と》ったのが失敗だった。私はそう思うよ。おまえが沖山と組んでれば、その大物も扱いに苦しんだと思うがね」

「そうかな」

「おまえ自身が殺《や》るのなら、まだ迫力があっただろう。田代和也に殺《と》らせた。田代も、それに気づいてはいただろうがね。田代にとっては、沖山を殺《と》ることが問題だったんだ。利用したようで、おまえは利用された」

「言われれば、そうだな」

「野心を持ち過ぎたのさ。三年の刑務所《なか》の暮しは、男をそんなふうに変えるのかな」

「変えられましたね。いま、撃たれて転がってて、はじめてわかることですが。他人に殺《と》らせようなんて、虫が良かった。ただ、弟の友達《ダチ》でしたからね。成行として、やつにやらせるのが一番いいような気がしたんですよ」

「沖山を殺《と》った田代は、三年前のおまえに似ていなくもなかったよ」

「三年前の、俺ですか。正確には、三年三カ月とちょっとだ。そのころの自分を、俺は忘れましたね」

「そこまでの男、だな」

　煙草を消した。踏み潰すようなことはせず、いつもの携帯用の吸殻入れの中だ。今度は、富永が煙草に火をつけた。

「俺に、時間はありますか？」

「まだ、令状《おふだ》が出たわけじゃない。一応は自由だよ」

「そんなに、長くはかかりません」

「私を、殺そうとは思わんかね」

「不思議にね。松島がなにを吹きこまれようと、ひとりの判断じゃ動けなかった。上の方がそれを認めた。つまり、上と繋がりがある大物も、それを認めたってことです」

「その大物にも、私はいろいろ吹きこんだよ」

「旦那を信じるか、俺を信じるかってとこでしょう。結局、誰も信じなかったんだ。自分以外の誰もね」

「私は、ただの狂言回しか」

「いつだって、そうでしょう。てめえの財布のためにやるんじゃない。それはただの狂言回しってことです。それでここまでやれるってのは、またすごいことでもある」

「誰もいないぞ、おまえのまわりには」

「元行がいます」

「けものが、二頭か。しかし、二十歳にもなってない」

「十五のけものだって、多分いますぜ」

自分が、やくざ者に四五口径をぶちこんだのは、十三の時だった、と高樹は思った。幸太と二人合わせて二十六。そう思い定めて生きていたものだ。やくざ者にむかった時、高樹は確かに牙を剝き出したけものだった。

けものになっていく男を、止める権利は自分にはない、と高樹は思う。かなしみが、そうさせるのだ。そのかなしみさえも、自分は失いつつあるという自覚が、高樹にはある。

「手錠を、かけることにならないかもしれないな」

「ごめんですよ。もう」

揉み消した煙草を投げ捨て、富永が言った。

高樹は、腰をあげた。ここで手錠を打てば、富永は助けられるかもしれない。しかし、けものはけものだ。いつかはまた、死にむかって走りはじめる。

「行くよ、私は」

「無駄ですよ、旦那。三年前、旦那は俺があれをやらかすのを、じっと待ってた。待たれてることで、旦那に会ったら観念したと思うんです。だけどもう、待っても無駄ですよ」

「ほかに、私になにができる？」

「さあね。待っても無駄ってことで、俺は旦那に一杯食わせてやりますよ」

高樹は、ちょっと手を挙げた。その手が起こしたかすかな風で、ローソクの小さな火は揺れ動いた。富永の方を見ず、高樹は小屋を出た。

車まで、歩いた。

板橋の駅前付近も、すでに人の姿は少なくなっていた。

4

富永が小屋から出てきたのは、午前七時だった。

宮部が躰を支えている。黒いスカイライン。富永は助手席に乗りこんだ。堀は、やはり戻っていない。高樹は車のエンジンをかけ、煙草に火をつけた。

まだ車は少なく、尾行には距離を置いた方がいい時間だ。

七時半に、電話が鳴った。

「起きてますか、警視？」

「ああ」

「田代和也には、いまのところまったく動きはありません。館山は、動いたそうです。河村事務所の三人が、それぞれ釣船に乗って海上に出ています。古川さんも、手の打ちようがないということでしょう」

「わかった。こっちでなにかあれば、連絡を入れる」

「新宿の情勢は古川さんに伝えましたが、最後はやっぱり館山だろう、という判断は変らないみたいです」

「古川は、古川の判断で行動すればいい。君は、どう思ってる？」

「館山、とは思えません。館山の動きは派手で、誘ってるような感じですから」

「それで、田代和也に張り付く方を選んだわけか」

「警視は？」

「私のことは、知らない方がいい」

松井は、しつこく訊こうとはしなかった。

黒いスカイラインは、六台ほど間を置いて走っている。なにがなんでも、どこかへ行き着こうとするような走り方ではなかった。まだ、相手と話合いがついていないのかもしれない。

九時過ぎまで、黒いスカイラインは都内の道を走り回っていた。

電話が鳴った。

「田代和也が、いません」

松井の声は、押さえようとしても狼狽《ろうばい》が入り混じっていた。

「夜もずっと人がいる気配はありました。出てきたのが、違う人間だったんです。河村事務所の人間だろうと思います」

「それで？」

「気になって、管理人立合いで中を調べましたが、やはりいません。いま、等々力の女のマンションの前です」

「そこにも、いないだろうな」

「いませんでした」

「仕方がないな」

「やはり、館山じゃないでしょうか。むこうの動きと合ってますから」

「そう思うなら、行けばいいさ」

「警視は？」

「私は、いまやっていることを続ける」

「合流しては、いけませんか？」

「駄目だ」

「じゃ、一度本庁へ戻ります。なにか、あたしにできることがあったら、言ってください。ずっと、部屋にいますから」

高樹は電話を切った。

黒いスカイラインは、相変らずのんびりと走っている。走っていれば場所を掴まれることがない、と富永は考えているようだ。

車が多くなり、尾行を発見される危険は少なくなったが、見失いやすくもあった。

一度立川方面にむかいかけた車が、また都心に戻った。十一時近くになっている。

「車を替える。私が言うところまで、乗ってきてくれ」

　電話で松井に言った。

　三十分後には、高樹は白いスカイラインに車を替えた。

「警視の車を尾行《つけ》るようにして、あたしも追いかけていきます」

「それはいいが、ひとつだけ聞いておけ。その車のグローブボックスに、封筒がひとつ入っている。なにかがあってはぐれたら、無理に捜そうとせずに、本庁へ戻れ。封筒の扱いは、君の責任に任せる」

「わかりました」

　封筒の中の写真は、旧式のポラロイドで撮った白黒の写真だった。全部で四枚ある。焼増しなどができないように、旧式のものを使ったようだ。焼増しされた瞬間から、価値を失うものもある。

　黒いスカイラインを、白いスカイラインが追うという恰好が、さらに一時間ほど続いた。松井の車は、時々ミラーで確認できたが、富永の車からは無理だろう。

　黒いスカイラインの走り方が変ったのは、午後一時を過ぎたころだった。場所と時間の折り合いが相手とついたのだ、と高樹は思った。

　夢の島の方へ、車はむかっていく。その付近の地理がどうなっているか、高樹は頭に思い浮かべた。広いし、見通しのいい場所もある。しかし、隠れる場所も多い。安全なのかどうか、判断しにくかった。

富永の方が、主導権を握っているはずだ。富永が選んだ場所ということになるのか。それとも、交渉が長くなり、根負けしたというところなのか。黒いスカイラインは、かなりのスピードで突っ走っている。

車が少なくなったので、高樹は一キロ近い距離を黒いスカイラインとの間に置いた。松井は、もっと遅れている。

真直ぐに走ると若洲《わかす》で、その先は海というところになった。

黒いスカイラインが、スピンターンをして方向を変えるのが見えた。とっさに、高樹は脇の道に飛びこんだ。

やり過した。バックして戻る。かなり離れていた。それでも直線の道だ。慌てなくても、見失うということはない。

黒いスカイラインが、いきなり車線を変えた。違う。対向車線に入っている。高樹は減速した。黒いプレジデント。正面衝突するような恰好だった。プレジデントの方が、路肩に突っこんで避けた。行き過ぎたスカイラインが、スピンターンをしたようだ。エンジン音があがった。プレジデントから、二人降りてくる。素速い動きだった。二人は、ぱっと二つに分れ、突っこんでくるスカイラインにむかった。弾けるような音がした。銃声。スカイラインのフロントグラスが、粉々になっている。それでも、プレジデントに車体を擦りつけながら走りすぎた。停った。全開でバックしていく。運転している宮部と、拳銃を構えている富永の姿が、車の中に見えた。

また、銃声が爆《は》ぜた。バックしたスカイラインが、また前進をはじめる。外にいた男のひとりが、ボンネットに跳ねあげられた。

銃声。交錯する。ギアを入れて走り出しそうになる自分を、高樹は抑えていた。

松井の車はどこなのか。電話を摑む。

「どうしますか、警視？」

松井の方がさきに言った。

「飛び出すな。危険だ」

「誰が？」

「富永と秋吉だ。ずっと駈け引きをやってたんだろう。これは、やらせるしかないぞ」

スカイラインが、プレジデントにむかって突っこんでいく。ぶつかる前に、ハンドルでもとられたように、横に傾いた。プレジデントから、さらに二人飛び出してきた。そのうちのひとりを、スカイラインが跳ねあげる。前輪のタイヤが潰れているようだ。遠くから、もう一台突っ走ってきた。

高樹は、ギアを入れた。突っ走ってきた車は、スカイラインの横っ腹にぶつかった。そのまま、数メートル押していく。和也なのか。違う。飛び出してきた男たちは、スカイラインへむかっていく。

スカイラインから、富永が出てくるのが見えた。上体が血に染っている。富永は、ひとりを撃ち倒し、プレジデントの方へむかおうとした。

銃弾が浴びせられる。二人がプレジデントに戻る。富永の躰が路上で跳ねる。そのすべてが同時だった。

プレジデントが、走り去ろうとしている。一度切り返して方向を変えた。すぐに走り去ってはいかない。二人が富永の躰のそばにしゃがみこんだ。もうひとりが、スカイラインの中を覗きこんでいる。

「警視」

繋いだままだった電話から、強張った松井の声が聞えた。

「動くな。二人じゃ、どうにもならん」

「緊急配備の要請をしますか？」

「無駄だ。間に合わんよ。見ろ、引きあげていく」

「あたしのところからは、よく見えないんです」

プレジデントが走りはじめた。

「よし、赤色灯を出して、道に出てこい。急ぐなよ。まだ二人残ってる」

「それを」

「間違っても、逮捕《あげ》ようとは思うな。プロだぞ。赤色灯を見せてやるだけでいい」

後から突っこんできた車は、まだ現場にいた。二人が乗りこもうとするところだ。赤色灯よりさきに、サイレンが聞えた。残っていた一台も、バックして方向を変え、走り去っていく。

高樹も車を出した。全開で突っ走る。富永の躰の脇を走り抜けた。ようやく、松井の車の赤色灯が見えた。

「現場を保存しろ。それ以上のことはせずに、応援を待て」

受話器は首に挟んでいた。

「それから、グローブボックスに入っている封筒を忘れるな」

「警視は？」

「わからん。一応、あの二台を追ってみる」

かなり離れていた。

四速にあげた。和也はどうしたのか。そういう思いがこみあげてくる。警察の眼を攪乱し、やはり館山から船で逃げようというのか。それならそれでよかった。逃げきってほしいという気持も、どこかにある。心の底では、和也が来るはずがないことを知っていながら、あえて秋吉にこだわっていたかもしれないのだ。

それならば、逃げていけ。どこまでも、逃げていけ。おまえの親父は、本気で逃げようとはしなかった。だから追いついた。

二台が、連らなって走っていた。高速に乗る。高樹も、間に二台入れてそれに続いた。

「報告します」

電話から洩れてくる松井の声。高樹は受話器を耳に押し当てた。

「富永利男は、全身に被弾して死亡しています。手の施しようがありません。運転していた少年の方は、胸に二発受けています。頭も擦っているようですが、息はあります。救急車の要請をしたところです」

無線と電話が併置されている車だった。無線で救急車を呼んだのだろう。電話は繋ぎっ放しだ。

「宮部に、少年の方に、意識はあるのか？」

「ありません」

「大丈夫か？」

「なにがですか？」

「血の海だろう、そこは」

「緊張しているんだと思います。なんともないんです。後で、卒倒するかもしれませんけど。警視は、どうなさいますか？」

「いま、高速の上だ。二台には追いつけなかった。本庁へ戻るよ。電話も切る」

ほんとうは、六、七台を挟んで、二台は前を走っていた。

「グローブボックスの封筒、戻ってから警視にお渡しすればいいですね」

「そんなことを考える前に、少年のそばにいてやれ。意識を取り戻すことが、時々ある。そういう場合に、誰かが声をかけるかどうかで、生死が分れることもあるんだ」

「わかりました」

電話を切った。

富永は、見事に死んだ。けものの死に方というのは、ああいうものだ。刑務所を出て、妙な野心を抱くことなく生きていれば、高樹を圧倒するようなけものになったかもしれない。

娑婆《しゃば》の空気というやつ。しばらくは、それに触れると別の人間になる。それから、本来の自分を取り戻していくのだ。富永にも、あと数カ月の時間があれば、まったく違うものが待っていただろう。

煙草をくわえた。松井がくれた電子ライターの着火は、気が抜けてしまうほどいい。車は多く、スピードをあげて走ることもできなかった。

和也は、やはり現われなかった。それが、利巧というものだ。高樹は自分に言い聞かせながら、煙を吐き続けた。

二台が、分岐点で分れた。プレジデントの方を、高樹は追った。

5

プレジデントとの間に、六台の車がいる。その中の一台の挙動が、高樹の神経にひっかかった。

ガンメタの、左ハンドルの車。アルファ・ロメオらしい。プレジデントと、一定の距離を保っていた。抜いていく車がいても、大して気にした様子はないのに、プレジデントが追い越しのために加速すると、小気味がいいほどのダッシュで、前の車を抜く。よく観察すると、プレジデントを尾行《つけ》ているとしか思えないところがあった。運転者の顔を確かめることはできない。

まさか、という気持が高樹を包んでいた。あのアルファ・ロメオが和也だとしたら、高速道路上で、偶然プレジデントを捕捉したとは考えにくい。ずっとプレジデントを尾行《つけ》ていた、ということになる。黒いスカイラインを尾行《つけ》ていた高樹と、ようやく道がひとつになったということか。

そんなことが、あるだろうか。もしそうなら、和也も高樹と同じように、富永が蜂の巣にされて死んでいくのを、どこかで見ていたということなのか。

間にもう一台入れて、高樹は走り続けた。アルファ・ロメオは、きびきびと車線変更をくり返しながら走っている。走り方にも、どこか覇気に似たものが感じられた。

銀座で、プレジデントは高速を降りた。アルファ・ロメオがそれに続き、高樹の白いスカイラインは、間に一台置いてアルファの後ろについた。

信号待ち。まだ、アルファ・ロメオの運転者の顔を確認できない。歩いてそばまで行きたい衝動に、高樹は襲われた。

車が流れはじめた。アルファ・ロメオが、ぐんと加速し、プレジデントを抜いた。鮮やかな腕だった。なにも起きない。気のせいだったのか。アルファ・ロメオは、ホテルの建物の角の、一方通行を入っていく。プレジデントが、それについていく恰好になった。

ホテルの玄関。アルファ・ロメオは、タクシー乗場のさきに停っている。玄関に横付けしたのは、プレジデントだった。

秋吉の、肥った躰が降りてくる。アルファ・ロメオ。とっさに、高樹はクラクションを鳴らし、アクセルを踏みこんだ。和也。アルファ・ロメオから降り立つと、ぴたりと拳銃を構えた。幸太の息子だ。やはり。思ったのはそれだった。銃声。次の瞬間、高樹の車は二人の間に突っこんでいた。

秋吉が、転げ回っている。鎖骨の下。そのあたりだろう。心臓から、二、三センチはずれている。和也は、拳銃を構えたままの姿勢だ。高樹は、秋吉に駈け寄った。

「おまえ」

秋吉が呟く。ふりむいた刹那、和也と眼が合った。和也の銃口は、こちらをむいている。

「早くしろ」

秋吉の呟き。意味はわからなかった。

「警視庁の高樹だ。死ぬなよ、秋吉」

「警官なら、やつを捕まえろ」

プレジデントから飛び出してきた男は、とっさになにをしていいかわからないようだった。和也の銃を見、それから舗道に伏せた。

和也が、身を翻す。

「おい、捕まえろ。あいつは俺を撃った。早く捕まえるんだ」

「死ぬなよ、秋吉。おまえのようなやつは、あっさり死ぬんじゃない」

アルファ・ロメオが急発進していくのを、高樹は視界の端で捉えていた。

高樹は車に戻った。

バックし、それからアルファ・ロメオを追う。車が多かった。七、八台さきに、アルファ・ロメオのテイルが見える。突っ走れないのは、お互いに同じだった。

アルファ・ロメオが、路地へ飛びこんでいく。少し遅れて、高樹も飛びこんだ。急ブレーキと急発進をくり返しながら、アルファ・ロメオは路地を抜け、別の通りに出た。

赤信号をひとつ無視して、突っ走っていく。

銀座のランプから、アルファ・ロメオは高速に乗った。高樹は、かなり遅れた。走行車線に入り、パッシングをくり返しながら前の車を抜いていく。何度パッシングをしても、赤色灯を出そうとは思わなかった。

前方に、アルファ・ロメオが見えた。まだかなりの距離がある。右、左、右。クラクションを浴びながら、車線を変えていく。

ようやく追いついた。運転しながら電話をしている和也の姿が、リアウインドをとおして見えた。高樹には、当然気づいているだろう。

アルファ・ロメオがダッシュした。高樹もシフトダウンして踏みこんだが、遅れた。ダッシュ力は違うようだ。実に小気味のいい走り方をする。

やっぱり、幸太の息子だよ、おまえは。声に出した。一瞬だけ、運転の腕を競っているような気分に襲われた。

浜崎橋を過ぎた。さらに距離が開いていく。横浜へむかう気のようだ。

おふくろのところへ、行こうとしているのか。それとも、親父が死んだ場所へ行こうとしているのか。横浜と思うだけで、いろいろなことが頭に浮かんでくる。

昭和島インターチェンジのあたりが、混んでいる可能性がある。とすると、そこで追いつき、捕えられるかもしれない。横浜までは行きたくない、という気持がどこかにあった。

少しずつ、距離が詰まってきた。右、右と先行車をかわしても、二車線とも塞がっていたらどうしようもない。距離が、また開きはじめた。高樹の前に、大型トラックが二台いる。パッシング。効果はなかった。視界を塞がれ、和也の位置も確認できない。何度も、クラクションを鳴らした。左側のトラックが、緩いコーナーでようやく遅れはじめた。わずかの隙間。シフトダウンして加速し、飛びこんだ。アルファ・ロメオは前方に見えない。どれほどの距離が開いたのか。

踏みこんだ。トラックが塞いでいたせいで、前方は空いている。

運転には、自信があった。捜査のために、三十年も運転してきた。何度かは、パトカーの乗務員が受ける訓練を、特に志願して受けたりもした。ふだん若い刑事に運転を任せるのは、ついスピードを出しすぎてしまうからだ。

自宅にも、千五百ｃｃの車がある。一雄が大学に入った時に、万里子と一緒に教習所に通わせ、二人が免許を取った時に買ったのだ。一雄より、万里子の方がさきに免許をとった。必要がある時は、いつも万里子に運転させる。一雄は、スキーへ行ったりする時だけ、使うようだ。

昭和島インターの手前。渋滞はひどくなかった。アルファ・ロメオの後ろ姿。前の車に遮られて、進めないでいる。間に十数台の車がいて、高樹の方も進めない。

空港をかわした。車が、ぐんと少なくなった。踏みこんでいく。アルファ・ロメオのテイルが、すぐ前に見えてきた。追いつき、前に出て停めればいい。踏みこんだ。アルファ・ロメオの方が、加速がよかった。百八十。百九十。高樹のスカイラインは、非常時のためにリミッターをカットしてある。サスペンションも、固くしてあるはずだ。それでも、すぐには追いつかなかった。

二百。二百十。ハイビームをつけっ放しにする。アルファ・ロメオが、前方を塞がれて減速する。テイルとノーズが触れそうなところまで、追いつく。前方があいた。中ぶかしの音が、二度響いた。アルファ・ロメオのダッシュ。一段しか落とさなかった高樹は、かなり遅れた。

和也の運転はうまい。無茶に飛ばすというのではなく、車の性能をフルに使って、飛ばせるところで思い切り飛ばしている。

気づくと、もう横浜に入っていた。

金港インターチェンジで、どちらに行くのか。三ツ沢方面へ行けば、第三京浜に繋がり、東京へ舞い戻ることができる。三車線の第三京浜では、前を塞がれることは少ないだろう。追いつけるか。スカイラインも、二百二十までは出そうな感じだ。排気量は、アルファ・ロメオより大きいかもしれない。最高速で遅れることはないはずだ。

金港インターチェンジ。左への緩いカーブを、そのまま走り抜けた。横浜へ降りる気なのか。それとも、ベイ・ブリッジを突っ走っていく気なのか。

一気に、十メートルほどまで詰めた。さらに五メートル。この距離では、もう接触しそうな気がしてくる。右車線。ベイ・ブリッジを走るつもりか。左車線。高樹の車線変更が、一瞬遅れた。瞬間、アルファ・ロメオと並んだ。新山下の出口へ、アルファ・ロメオは突っこんで行き、高樹は走り抜けた。フル・ブレーキ。素速く、ルーフに赤色灯を載せる。ハザードランプも点滅させる。停った。左車線を、バックしていく。後続車が驚いて右車線へ移動していく。ようやく、新山下の出口に辿り着いた。

赤色灯を載せたまま、突っ走っていく。前方に、アルファ・ロメオらしい姿はない。思い切って、左へ曲がった。倉庫の間を、突っ走る。建物と建物の間に、アルファ・ロメオのテイルが見えた。

山下埠頭。ガンメタのアルファ・ロメオ。グレーのスーツ姿の和也が飛び出していくのが見えた。

追いついた。高樹が車を降りた時、和也は岸壁のタグボートに跳び移ったところだった。

「動くな」

高樹は拳銃を構えた。銃口をむけたのは、和也へではない。舫《もや》いをはずそうとしている男へだ。男の躰が、硬直した。

「俺も、銃を構えてますよ、高樹さん」

「撃てばいいさ。その代り、関係ない男がひとり死ぬことになる」

「それはないいな」

「本気だよ、私は」

舫い綱を握ったまま立ち竦んだ男の顔が、痙攣したように動いた。男の足もとに、高樹は一発撃った。男が、舫い綱を放して跳び退った。

「無謀だな。はずすはずのない距離だ」

タグボートのエンジンはかかっている。舫いさえはずせば、すぐに動きはじめるはずだ。

「高樹さん、俺を逮捕するために、ほんとうに関係ない人間を撃つのか?」

「逃亡幇助《ほうじょ》になる。無関係ではないぞ」

「撃てよ。撃てるものなら、撃ってみろ」

男が叫んだ。まだ若い。二十歳そこそこと思えた。

和也が、岸壁にあがってきた。

「田代さん」

男が驚いて叫んだ。高樹は、銃口を和也にむけ直した。

「行け。俺はいい」

「だって、田代さん」

「早く、舫いを解くんだ」

和也の右手にも拳銃がある。それは腰のところで、高樹にむけて構えられていた。男が舫いを解いている気配がある。

タグボートのエンジン音。大きくなった。和也が、一歩踏み出してきた。次の瞬間、和也の躰が宙に躍った。高樹は岸壁を蹴った。引金を引いた瞬間、残像を撃ち抜いただけだとわかったからだ。

和也が、タグボートに跳び移る。高樹も跳んでいた。鉄の甲板で肩を打ち、高樹は膝立ちの恰好で銃を構えた。和也は、すでに銃口を高樹にむけている。

「なぜ、撃たなかった？」

「できることなら、降りていただきたい。いくらなんでも、無茶ですよ、高樹さん」

「降りたくはないね、性に合わん」

「俺も駄目な男だな。あの時、秋吉と一緒にあなたも撃っておけばよかった。秋吉まで、殺し損ってしまいましたよ」

「ずっと、秋吉を尾行《つけ》ていたのか？」

「朝からね。夢の島でひどい撃ち合いになった時も、じっと耐えてましたよ」

「私もだ。私は、富永利男を尾行《つけ》ていたがね」

「俺と高樹さんでは、立場が違うでしょう」

「私は、おまえだけを追っていた」

タグボートは、かなり岸壁から離れていた。それほどスピードは出していない。高樹を乗せてしまったことに、戸惑っているのだろう。高樹と和也のほかに、乗っているのは二人しかいないように見える。ひとりは、ブリッジだ。

「どうします？」

「逮捕するよ」

「あんな撃ち合いをした、秋吉に手錠をかけずにですか？」

「心配するな。秋吉は逮捕される。知ってるだろうが、河村康平が作った秋吉の息子の事故の写真は、すでに警察の手にあるんだ」

「そうですか。安心しましたよ」

白い歯を見せて、和也が笑った。

「おまえは、河村康平と同じ恨みを、秋吉に抱いてるわけじゃないだろう。なぜ、ここまでやった？」

「死んだ人間になにをしてやればいいか、生きている者にはわかりませんね。つくづく、そう思いました」

「死んだというのは、富永典男のことかね。それとも河村康平か？」

「二人とも、ですよ」

風が吹いていた。岸壁はさらに遠ざかり、ベイ・ブリッジが近づいていた。右手で拳銃を構えたまま、高樹は左手で煙草をくわえた。電子ライターで火をつける。

「おかしなのを使ってますね。高樹さんから頂戴したライター、不思議に俺は気に入っていましてね。使わせて貰ってます」

「あれは、おまえのものさ、和也。もともとおまえのものだから、返せなんてことは言わんよ」

「どういう意味です？」

「大した意味はない」

和也との間は、五メートルというところか。高樹がいる場所は、タグボートの最後尾だった。

煙が、風に流されていく。不意に、和也が口笛を吹いた。『老犬トレー』。幸太、と高樹は言いそうになった。

「これ、高樹さんは癖だとおっしゃってましたが、不思議なことに、俺の癖でもあるんですよ。なぜだろう。あなたと俺の癖が、なぜ同じなんだろう。ずいぶん考えましたがね、どうしてもわからない」

「変り者だってことさ」

「高樹さんと俺は、もしかすると会ったことがあるんですか？」

「どうだろうな」

「あなたが、俺を知っている。そうとしか思えない瞬間が、何度かありましたよ」

「前世で知っていたのかな」

「俺にはわかりますよ。あなたが合理主義者だってことがね。それも、かなり変った合理主義者だ。主観的な合理主義者だと言ってもいいな」

「難しい言い回しは、河村康平に教えられたのかね」

「親父さんは、難しい言い回しが嫌いな人でしたよ」

「河村康平は、おまえの親父じゃない」

「親父みたいな人でした」

「みたいなのと、親父であることとは、まるで違うさ」

高樹は、煙草を海に投げ捨てた。

「その男を、キャビンに入れてもいいですか。甲板を、二人きりにしたい」

「ああ」

「行けよ。鉄砲玉が飛んでくるぞ」

「田代さん」

「いいから、行け」

和也が、なにか覚悟したのだということが、高樹にはわかった。男が、キャビンに入っていく。甲板には二人きりになった。

不意に、影が全身を包んだ。ベイ・ブリッジの下を通りすぎようとしている。ちょっと、高樹は上に眼をやった。

「銃を、収いませんか、高樹さん」

「おまえを、逮捕できなくなる」

「俺も、銃を収いますよ。提案ですがね、殴り合いで決めませんか。ここなら、泳いで帰れない距離じゃないし」

「おまえに手錠を打ってしか、私は帰る気はないんだよ」

「なぜ？」

「刑事だからさ」

「それがどういう意味か、わかっているんですか。こうしてむかい合っている時、法律はあなたにとってなんの力にもならないんですよ」

「法律の力に頼ろうなどと、誰が考えるものか。私は、刑事でいたいだけだ。いるべきなんだ」

「なぜです？」

「刑事の中に自分を閉じこめておけと、ある男に言われた」

「ある男というのは？」

「おまえが知らなくてもいいことだ、和也」

ベイ・ブリッジをくぐると、沖泊りの船が何隻か見えた。タグボートは、相変らずゆっくりと走っている。揺れは、ほとんど感じなかった。

「勝負は、ついてるようなものじゃないですか、もう」

「おまえはなぜ、勝ちにむかって突っ走らない。私が、相討の覚悟を決めているからか。それが怕いか」

「不思議なだけですよ。そして、あなたと無理に勝負を決めたいとも思っていない」

「頑固な爺さんだと思っているわけだ」

「まあ、そうですね」

高樹は眼を閉じた。そうしても、和也が撃ってくるとは思えなかった。

ここまでかな、幸太。心の中で、呼びかけた。俺は和也を撃つぜ。おまえを撃った時のように、和也を撃つ。そして俺も、和也に撃たれるだろう。

つまりは、そういうことなんだ。長い、長すぎるほどの時間、俺は自分を刑事というものの中に閉じこめてきた。気づいたら、こんなふうにしか動けなくなっていたのさ。

悪く思うなよ、兄弟。

和也のやつ。『老犬トレー』を吹きやがった。おまえと俺で、和也をねぐらに運びこんだ時、あいつも『老犬トレー』を吹こうとしたもんさ。そして、笑ってた。笑いながら、死んでいった。

　俺たちは、あそこで死んだんだよ。一度、和也と一緒に死んだ。俺は、そう思う。俺はいま、あそこへ帰りたい。『孔雀城』。おまえと俺の、城だったところ。すべてがあそこからはじまり、あそこへ帰って行くべきなんだ。ふるさとだったよな、俺たちの。

「納得してくれましたか、高樹さん。その気になったのなら、船を岸壁に着けさせますよ」

「生きすぎたな、私は」

「えっ？」

「長く生きすぎた。なにをもってきても、紛わすことのできない、長く重い時間だった。もう、終りにすべきだな」

「なにを考えているんです、高樹さん」

「おまえが気にすることはないのさ、和也。立派な男になったよ。そして、けものの匂いも、強すぎるほど持ってる。あいつも私も、そうだったさ。私だけが、こうして生きてる。終りにすべきだ」

「あいつって、誰のことです」

「親父だよ」

高樹は眼を開いた。

「おまえの親父さ。田代幸太。私は、おまえの親父を横浜まで追いつめ、運河のダルマ船の上で射殺した。おまえがまた、横浜にむかって逃げた時は、親父が呼んでいるんだと思ってしまったくらいだ」

「俺の親父って？」

「おまえが、三歳の時だった。一度だけ、私はおまえに会いに行った。詳しいことが知りたくなったら、おふくろに訊け。おまえが、もし訊くことができればだがな」

「なにを、言ってるんです、高樹さん？」

「私は、おまえを逮捕する。刑事として、最後の仕事だ」

「待ってくれ」

「おまえの親父は、田代幸太は、そんなことは言わなかった」

そして、撃ちもしなかった。撃たれるために、『老犬トレー』を吹きながら姿を現わしたのだ。

「私は、刑事だ、和也。だから、おまえの親父を撃った時のように、おまえを撃つ」

「よせ。高樹さん、そんな真似はよせ」

高樹は、三八口径ニューナンブの撃鉄を起こした。和也も、両手で銃を持ちあげた。

いい眼だ。そう思った。幸太が、よくこんな眼をしたものだ。

「田代和也。殺人容疑だ。銃を捨てて、両手を出せ」

「やめてくれ。やめてくれよ、高樹さん」

「刑事さ、私は」

引金を絞った。銃声。和也の躰が吹っ飛んだ。それは、視界の端の方にしか見えなかった。高樹の躰も、飛んでいた。

海水。撃たれたのがどこかは、わからない。和也は、肩に被弾しているはずだ。逮捕のために、肩を狙って撃った。

躰が揺れている。高樹は、『老犬トレー』を吹こうとした。音にならなかった。ただ、ゆえのない懐しさがこみあげてくる。

そして、意識が遠くなった。

解　説――男たちの絆

山前　譲

日本、南米、そしてまた日本と、水野竜一をメイン・キャラクターにしてダイナミックな物語が展開されていった、〝挑戦シリーズ〟五部作の完結編「挑戦・いつか　友よ」のあとがきで北方謙三氏は、

フォスターの「老犬トレー」という唄が、このシリーズでは、すっかり通底したBGMになってしまった。

この唄が、かつて私の作品に登場した男たちを集め、結びつけたと言っていい。この五部作は、老いぼれ犬の息子たちの物語なのである。心で繋《つな》がった息子。だから、息子たちの心に、否応《いやおう》なくこの唄が残る。心が索漠とした時に、知らず知らずに唇から出てしまう。

この唄が、物語を作ってきてくれたようなものだった。

と述べたあと、〝老いぼれ犬は、「老犬トレー」は、どこからやってきたのか。いま、私にはそれを解き明かしたい気持ちが強くある〟と、新たな小説の構想を明らかにしていた。それは一九八八年秋のことだったが、一年もたたない八九年七月に、〝老いぼれ犬シリーズ〟の第一作「傷痕」が刊行され、同年十月に第二作の「風葬」が、そして九〇年四月に第三作であるこの「望郷」が集英社から刊行された。いずれも書下し長編で、本書がシリーズの完結編となっている。

老いぼれ犬こと高樹は、警視庁捜査一課の警部である。北方氏にとって三作目の長編となる「眠りなき夜」に初めて登場してから、数多くの作品にその姿を見せていた。といっても、メインのキャラクターとして活躍したわけではない。破滅への道をひたはしる主人公たちをフォローする、脇役的な人物なのだが、脇役というにはあまりにも存在感のありすぎる人物だった。高樹が登場する作品をまとめてみると、次頁の表のようになる（いずれも集英社文庫刊。作品相互の時間的前後関係は厳密に示していない）。

白髪で痩せていて、皺《しわ》の多い渋面は十歳は老けて見える。しかし眼《め》はきつく、刑事としてはすご腕で、犯罪者には怖《おそ》れられ、弁護士たちにもその名はよく知られている。捜査は自己流で、業績はありながらも昇進には縁遠い。その高樹が対峙《たいじ》してきた主人公たちもまた、独特の匂いを発散させていた。

一緒に事務所を開いていた弁護士が殺され、その犯人として追われながら雪の街で真

老いぼれ犬の軌跡

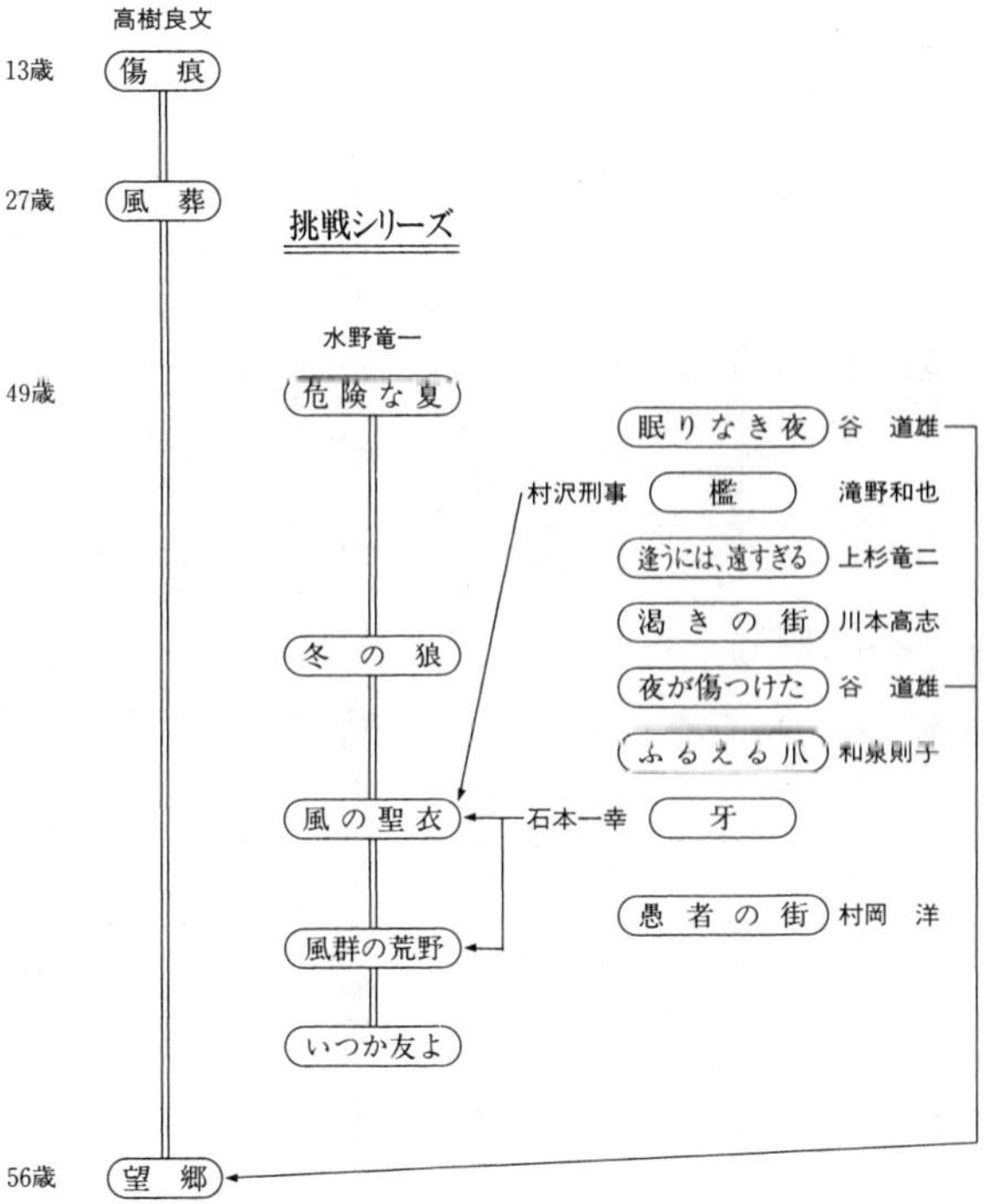
高樹良文
13歳
傷痕
27歳
風葬
挑戦シリーズ
水野竜一
49歳
危険な夏
冬の狼
風の聖衣
風群の荒野
いつか友よ
56歳
望郷
眠りなき夜　谷　道雄
村沢刑事
檻　滝野和也
逢うには、遠すぎる　上杉竜二
渇きの街　川本高志
夜が傷つけた　谷　道雄
ふるえる爪　和泉則子
石本一幸
牙
愚者の街　村岡　洋

相をさぐる「眠りなき夜」（八二・十）の、そして「夜が傷つけた」（八六・十）ではかつて愛した女性の夫が殺された事件の謎に取り組む、弁護士の谷道雄。

やくざな世界から足を洗っての、堅実なスーパー経営者という安穏とした生活に結局踏み止《とど》まれなかった「檻《おり》」（八三・三）の滝野和也。

七年前に別れた妻が巻き込まれたトラブルを解決するため、行方知れずの彼女を追ってロスへと向かう「逢《あ》うには、遠すぎる」（八三・九）の上杉竜二。

高級クラブのボーイをしていたのが、ふとしたきっかけから裏稼業の手伝いをするようになった「渇きの街」（八四・三）の川本高志。

友情のために危険な密輸を企てた馬鹿な男への愛を確かめようと、容赦ない妨害をかいくぐって神戸へ向かう「ふるえる爪」（八六・四）の弁護士和泉則子。

祖父と一緒の植木屋稼業にせいを出していたのが、ひとりの女を匿《かくま》ったために醜い争いの渦中に巻きこまれてしまう「牙」（八六・十二）の石本一幸。

いわくありげな事務所の所長の運転手をつとめながらも、旅行記を愛読する静かな生活をおくっていたはずの「愚者の街」（八七・四）の村岡洋。

そして〝挑戦シリーズ〟（八五・一〜八八・十）の水野竜一と、以前はどうであれ、一時《いっとき》は落ち着いた生活に身を委ねていた彼らが、肉親や恩義ある人の死という状況に、あるいは窮地に落ちいったという事態に直面して、自分の内に秘めていたけものの属性をあらわにし、生死を度外視して突っ走りはじめる。高樹は、そんなけものたちを再び檻に閉じ込めようとは決してしない。必ずしも死が結末ではなく、海外逃亡があり、そしてときには九死に一生を得たようなラストもあるが、それは彼らが望んだわけではなかった。

けものは、勝手に走って死んでいく。それを見届けてやるのが、自分の役回りなんじゃないか、という気がしてきてね。歳《とし》のせいかな、自分の役回りなんてのを考えるのは。(「愚者の街」)

そうした作品の主人公は、さまざまなきっかけがあって、ある日自分が背負っていた重いものに気づくのにたいして、高樹は最初から誰よりも重い何かを背負っているようだった。自分の背負っているものを自覚し、刑事という職業の檻の中にそれを閉じ込めつづけてきたらしい。いったい何故《なぜ》なのか。過去にいったい何があったのか。彼の登場する作品が数を重ねていくたびに、理由を知りたいという思いは募ったはずだ。

高樹の登場する作品には一人称で語られるものと三人称で語られるものがあって、後者のタイプの作品、「檻」「渇きの街」「牙」、あるいは〝挑戦シリーズ〟では、ときおり高樹の視点による場面があり、多少彼自身の内面が吐露されていた。とくに「檻」では、東京練馬の桜台にある自宅で寛《くつろ》ぐ高樹の姿が見られたし、十歳年下の妻万里子、ひとり息子で高校三年生の一雄、いまは亡き父親といった家族のことにも触れられている。ブランデー片手に自室で詩集をひもとく高樹の姿には驚かされたし、かなり自身の感情を素直に語っていた。

高樹に恐怖の経験はなかった。刃物はおろか、銃口に身を晒《さら》した時も、妙に冷えた気持があるだけだ。なにかが欠けているのではないか、そう思うこともあった。欠けているものを補うために、詩を読み、酒を浴びる。それでこみあげてくるのは、やりきれない苦さだけだ。(「檻」第五章　三)

後々まで苦しむ右足の傷を負うことになる「檻」は、〝老いぼれ犬シリーズ〟と密接なかかわりをもつ作品であり、〝老いぼれ犬シリーズ〟での高樹のプライベイトな部分が「檻」の延長上にあるのは明らかだ。

だからその「檻」では、脇役に徹しきれてはいない。見方によっては主役を演じていたとも言える。だが、悟りきったような、冷めた高樹のキャラクターは、北方作品でメインとはなりえなかった。容易に死にきれるような、死に急ぎのできるキャラクターではなかったのだ。以後の作品では、主人公を見つめる、一種作者の分身的な人物に徹している。そして、いくつもの彼に関する謎が蓄積された。

何故、ゴロワーズと火のつきにくい旧式のオイル・ライターにこだわるのか。

無意識に口ずさむ「老犬トレー」の唄の意味は。

何故、いつも服装をきちんとしているのか。

何故、海軍士官の短剣にこだわるのか。

手錠を使った不思議な技はどこで覚えたのか。

それらを解き明かす過去への旅が、高樹が秘めていたけものの心のルーツをたどる旅が、ようやく〝老いぼれ犬シリーズ〟で始まったのである。第一作の「傷痕」は、まだ終戦後の混乱がつづく四六年、東京の焼け跡が舞台であった。母を失い、父が戦地から戻らない十三歳の高樹良文は、同い年の田代幸太や他の仲間とともに、知恵と力で、大人でさえ大変な時代を懸命に生きていく。母親代りの里子もいた。その仲間のひとりで弟のように可愛《かわい》がっていた、まだ七歳の和也の死。やくざの理不尽さに、良文は拳銃を手にした。

　第二作の「風葬」は六〇年の冬、二十七歳の高樹は高校を卒業して刑事となり、もの静かな父とふたり暮しをしている。擦切れたコートに身を包んだ、彼の刑事としての実績は抜群であった。その高樹が、ある事件を追っていくうちに、里子と結婚し和也と名付けた息子のいる、田代幸太と再会する。だが、過去をなつかしむだけでは済まなかった。互いにけものの心を意識せずにはおられず、横浜での壮絶なラストをむかえる。「老犬トレー」は田代が高樹に教えてくれた。誰も信じられないあの頃の合い言葉代りだった。十四年間の時の流れも「老犬トレー」が瞬時に埋めてくれる。魂の歌だった。そしてふたりの別れの場にも流れつづけた。

闇市の店に立ち寄る元軍人の岡本から、高樹はロープを下から撥《は》ねあげる技を教わる。それは手錠で相手を打つ技へと変化していた。田代は海軍士官の短剣を貰《もら》う。それを手に、恩ある人のため突っ走る。そして刑事は殺人犯を追った。

田代は言う。〝服ってのはな、檻みてえなもんさ。それで、着てるやつをしっかり閉じこめるんだ。おまえにゃ、そうやって閉じこめとかなきゃならねえもんが、あるはずだろう〟と。そしてもう一度高樹はこの言葉を聞かされる。

いがらっぽい、しかしどこか懐かしいような匂いのするゴロワーズは、再会した田代が喫《す》っていた煙草《タバコ》だった。高樹はゴロワーズをすすめられ、ライターを貰う。そしてそれはまだやさしく一度で火がついた。

「傷痕」と「風葬」の二作で、田代幸太との出会いと別れのなかで、高樹自らが檻に閉じこめていたものが明らかにされていった。彼ひとりが背負うべきものではなかったのかもしれない。しかし高樹は「老犬トレー」を忘れることはできなかった。田代との約束を忘れることはできなかった。刑事として、けものの心を秘めた者たちの行く末を見届けつづけたのだった。

そして本書「望郷」は平成と時代も変る。高樹は警視になったものの、婦警がひとり部下にいるだけの閑職におかれ、継続捜査の事件を担当したりしていた。そこに三年前逮捕した男が出所してくる。どうも気になる男であった。独特の嗅覚で高樹はひとり歩き回る。隠れていた犯罪がみえてきたとき、高樹はそこに運命の糸を感じなければならなかった。成長した田代和也との再会。おのれの中のけものが、長年の眠りからさめて解き放たれる。横浜の山下埠頭《ふとう》で、高樹は自身の生き様に決着をつけるのだった。

「眠りなき夜」のころから三部作の構想があったはずはないのに、高樹という個性的な人物と「老犬トレー」の物悲しいメロディを軸に、見事なまでのシリーズとしてのまとまりをみせている。やはり高樹は、作者の創造力を喚起する、北方作品のなかでも異彩を放つキャラクターだったと言える。それにしては、彼が主人公となる作品の書かれるのが遅かったと思うかもしれない。しかし、八九に〝老いぼれ犬シリーズ〟が始められたのにはやはり理由があるようだ。

これに先立つ〝挑戦シリーズ〟まで振り返ってみよう。このシリーズの第一作と第二作が八五年に刊行され、第三作が八七年に刊行される間に、「碑銘」が書かれて、ブラディ・ドールのシリーズが本格的にスタートしている。さらにカメラマン望月の短編連作もあった。この頃に、北方氏がシリーズという創作手法に惹《ひ》かれたことは明らかだろう。一方、八八年になると、氏は初の歴史小説「武王の門」の週刊誌連載を始め、つづけて柴田錬三郎賞を受賞した「破軍の星」などを発表している。これらの作品を書くにあたって北方氏は、何年もの勉強のための時間をとったという。そこで歴史のなかにうごめくさまざまな人物に目を向けたとき、ある一点での物語から、線、すなわち時の流れを意識した物語への関心が高まったのではなかろうか。離合集散を繰り返す人物と大きな振幅をみせる時代との絡み合い。終戦直後の混乱期、六十年安保に揺れる成長期、そしてバブル経済の真っ只中《ただなか》と、高樹の人生も戦後四十数年の流れと不可分であった。これもまたひとつの歴史小説ということができる。歴史小説への興味のひとつの現れに、〝老犬シリーズ〟もあるのではないだろうか。

そして、老いぼれ犬こと高樹の人生に決まりをつけ、北方氏は歴史時代小説というジャンルに本格的に乗り出していく。ブラディ・ドールのシリーズも九二年の「ふたたびの、荒野」で完結している。九〇年には「群青」で神尾修二を主人公にした新シリーズもスタートした。八一年に「弔鐘はるかなり」でデビューして約十年、北方氏の新たな航海が始まっているのだ。

それにしても印象的なのは、〝老いぼれ犬シリーズ〟のバックに流れつづけてきたフォスターの「老犬トレー」である。読んでいるといつも、かすかにメロディが聞こえてくるような気がした。やや長くなるが、佐々木譲《じよう》氏との対談での発言を引用してみよ

Old Dog Tray

by Stephen C. Foster

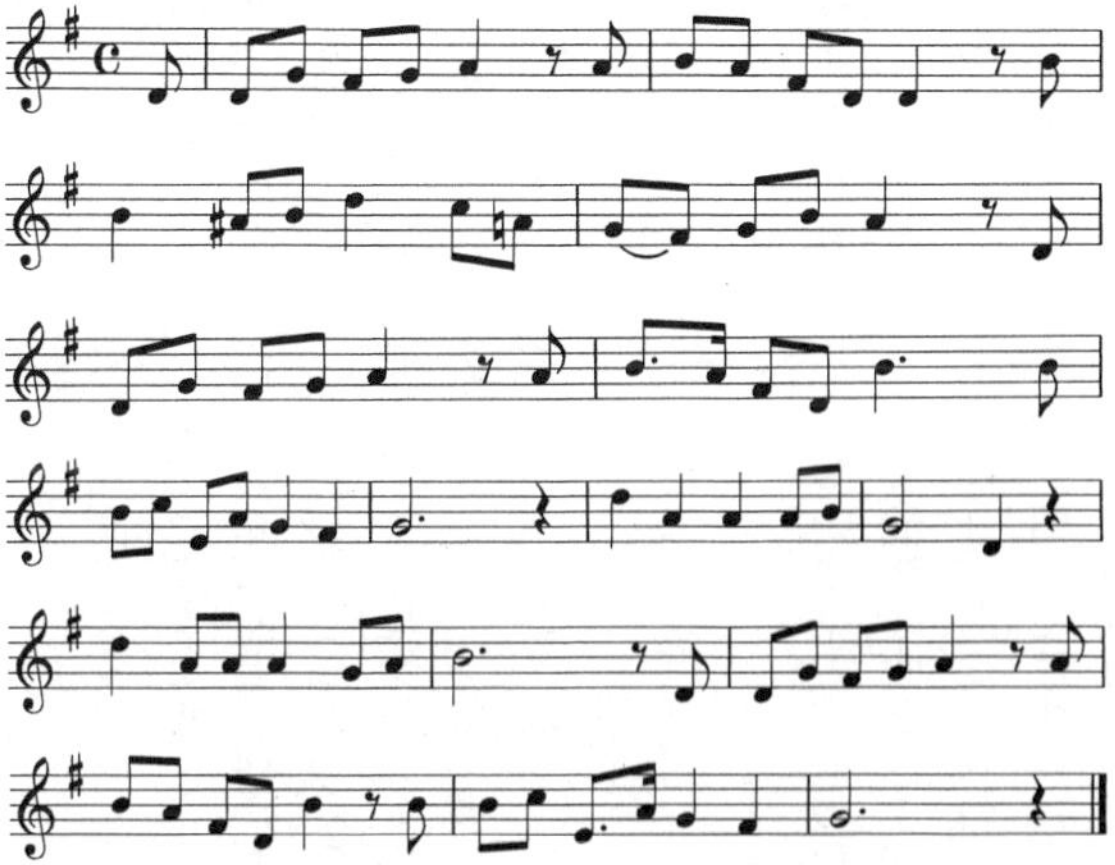

う。

僕の場合、テーマ音楽といえば『老いぼれ犬』シリーズの『老犬トレー』ですね。いろいろなところでやれっていわれるんですが、実は知らなかった。本当は一度テレビで聞いたきりなんですよ。フォスターの曲の中ではあまり知られていないけど、『老犬トレー』というのはとてもいい曲なんだと、岡村喬《たか》生《お》さんがテレビで歌っていた。後日小説を書いていて、刑事に癖を与えたいと考えていたときに、ふと思い浮べて『老犬トレー』を口ずさむ刑事にしたんです。それから刑事のあだ名は『老いぼれ犬』というふうに発展させたのですが、最初はどうしてその刑事が『老犬トレー』を口ずさむのか、なぜオイルライターを使っているのか、全然考えていなかった。

やがて、刑事高樹の年代記のようなシリーズを書くときに、この謎、自分にとっての謎を解き明かすつもりで書こうと思ったんです。

小説には、ひとつのものがあると、何かが重なって、広がっていって、全体的な広がりを持つという、ある種のダイナミズムみたいなものがあるのだということを、『老犬トレー』で自覚することができました。『老犬トレー』を歌わせていたがために、いろいろとイメージが広がっていって、戦後の焼け跡の浮浪児たちという像ができていったんです。ふと思いついたことは、また別の想像力を呼ぶんですね。

（角川文庫版「黒銹《こくしゅう》」〈九一・三〉の巻末対談より）


「老犬トレー」を作ったスティーブン・コリンズ・フォスター（一八二六―六四）は、裕福な家庭に生れたが、父親の事業の失敗のために一家は離散、長兄の世話になって育った。十三歳のときに早くも最初の曲を書き、一八四八年に「おおスザンナ」がヒットしてからは暮し向きもよくなり、あこがれの〝金髪のジェニー〟と結婚する。しかし晩年は孤独で創作もすすまず、倒れたはずみにガラスの破片で頸動脈を切り、貧困のうちに三十七歳の若さで亡くなっている。それでも生涯に二百曲近い、そして大衆に親しまれた数々の歌を作曲した。「老犬トレー」（Old Dog Tray）は一八五三年に書かれたもので、ロジェー・ワーグナー合唱団によるＣＤ「夢見る人／スティーブン・フォスター・フェイバリッツ」（東芝ＥＭＩ）の横堀朱美氏の曲目ノートによれば、フォスター家で飼われていて少年フォスターと仲良しだった、セッター種の老犬のことを歌にしたものだという。

今人生の帷《とばり》が下りようというとき、故郷の野山と幼き頃を思い出す。やっぱりあの「老犬トレー」が人生で一番の友達だったと。高樹良文も最後に過去を振り返る。あのときだった。ふたり合せて二十六歳なんていってたが、再会したのは二十七のときだった。そう、お前は二十七歳で死んだ。二十七と二十七で五十四か。もう十分お前の分まで生きたから、そろそろけりをつけていいだろう？　やっぱり、お前以上の友達はいなかったからな……。

（やままえ・ゆずる　推理小説研究家）

※この解説は、一九九二年十月の文庫初版刊行時に書かれたものです。

虚構を超えた「本物」を描く

「老犬シリーズ」特別対談

（『キングダム』）

北方謙三×原泰久

※本編に関する内容になっております。読了後に御高覧下さい。

四十代前半で書いたある刑事の人生

——北方さんが「老犬シリーズ」を書かれたのが四十代。原さんもいま四十代ということで、「小説家、漫画家にとっての四十代とは?」というテーマも交えながらお話をうかがえたらと思います。シリーズ第一作『傷痕』の初版が一九八九年。北方さんが四十二歳の年ですね。その当時のことは記憶にありますか?

北方　何してたかな。四十代の頃はやっぱり、「月刊北方」だったと思う。毎月のように新刊を出してたから。そもそも「老犬シリーズ」の主人公、高樹良文はね、最初は脇役だったんですよ。三十代の頃に書いた『眠りなき夜』や『檻』に出てきた、「老いぼれ犬」と呼ばれる癖のある刑事だった。ところが、読者からたくさん手紙が来まして、「高樹のことをちゃんと書いてくれ」と。脇役なのに人気が出たんです。一番言われたのは『檻』の時。ほんのちょっとしか出てこないんだけど、サイン会でもガンガン言われましたよ。「なぜ高樹が主人公の話を書かないのか」と。「脇役として書いたからだ」って答えたんだけど、読者が脇役であることを許してくれなかった。

原　よっぽど高樹の何かが読者に引っかかったんでしょうね。

北方　ちょっとひねった刑事を出そうと思って書いただけなんです。火の点《つ》きの悪いライターをやたらカチャカチャやっていて、変な歌を口ずさんでいる刑事。『老犬トレー』って曲なんだけど。

原　もともとお好きな曲だったんですか。

北方　そういうわけじゃないんです。ある時テレビを見ていたら、岡村喬生《おかむらたかお》っていう有名なオペラのバス歌手が出ていて、『老犬トレー』を歌ったんです。「フォスターにこんな曲もあるんですよ」って。スティーヴン・フォスターって十九世紀のアメリカの作曲家で『ケンタッキーの我が家』とか『オールド・ブラック・ジョー』が有名だけど、これもなかなかいい曲だなと。その後で、この刑事に何か口ずさませなきゃと思った時にふっと『老犬トレー』って書いちゃおうって。それだけなんですよ。書く時は他愛ない理由でひょいっと入ってきても、小説としてちゃんとリアリティが出ればそれでいいと思うんですよね。

原　そうやって出てきたキャラクターが人気になって、その生い立ちまで書くことになったというのは、それだけ高樹の存在が読者にとってリアリティがあったということですよね。

高樹と似たような経緯のあるキャラクターの話で言うと、『キングダム』の場合、桓《かん》騎《き》がまさにそうで。僕はあんまり好きなキャラじゃなかったんですけど、「もっと描いて」って、ファンからものすごく言われたんですよ。それでちゃんと描き始めたんですけど、すごく苦労してますね。

北方　桓騎の半生をじっくり描き始めたのは正解ですよ。あの冷酷な将軍がどうやって生まれたのかというのは、読者は当然気になるわけだから。

原　描くからには正面から描かないといけないと思ってます。ただ、桓騎は何を考えているか腹の底が読めないキャラだったので、逆に描きすぎて足下が見えてしまうんじゃないかという心配があるんですよ。ミステリアスなキャラが尻すぼみしないように気を付けながら描いてますね。

北方　桓騎といえば、ほら、砂鬼《さき》一家も強烈だよね。鎌持って、不気味な頭巾かぶってる残虐な戦闘集団。よく思いつくなあと。私は「週刊ヤングジャンプ」で連載が始まった時から『キングダム』をずっと読んでるんです。映画も見たし展覧会にも行ったけど、私にとっては、『キングダム』の故郷は「ヤングジャンプ」。あのサイズのザラ紙に印刷された、一見窮屈なコマ割りの中に、私が感じる無限の広さがあるんです。映画のほうが実際に役者が動くぶん、有利に思えるけど、漫画には止まった瞬間にだけ表現できる動きがある。たとえると、ものすごい速さで回っている独楽《こま》が静止して見えるようなもの。『キングダム』の絵にああいう強烈なエネルギーを感じるんです。

原　そう言っていただけるとうれしいです。

北方　物語の序盤、秦《しん》と趙《ちょう》の戦がありますよね。王騎《おうき》将軍が指揮を執り、信《しん》が敵の将軍

『キングダム』12巻より

の首を獲《と》りに行く、あの場面。「殿の飛矢が届くぞ」って、信がジャンプする。宙に浮いた信の、あの絵の殺気。あれがじっと止まって見える独楽なんですよ。原さんの『キングダム』には、ああいう絵がいっぱいあるんです。

原　自分ではよくわからないんです。必死に描いているだけで。脳内で登場人物たちが動く様子を繰り返し繰り返し何回も再生して、それを絵に描き落とすだけで精一杯なので。

北方　婚約者の摎《きょう》を殺された王騎が、龐煖《ほうけん》に斬りつける絵もすごかったね。矛と矛とがぶつかった時の矛の曲がり方とか、斬り倒す時の目のありようとか。絵は静止してるんだけど動いているんです。映画では出せないですよ、あの迫力は。

文章にする時には論理性を加える

――「老犬シリーズ」は、高樹良文の生涯をたどる三部作にすると当初から決まっていたんですか。

北方　決めていましたね。老犬、つまり高樹良文の一代記を書くなら三部作じゃないと書き切れないと思った。最初から少年時代、青年時代、それから晩年と書き分けるつもりでした。

原　北方さんの歴史小説はこれまでも読ませていただいてきたんですが、現代ものはこの三部作が初めてで。でも、すぐに老犬の世界に引き込まれました。

北方　自作のことをこういう言い方をするのも変だけど、あの三部作は嫌いじゃないんですよ。脱稿して、「書いて良かったな」と思えた。男の一生とか男の友情が全部込められた物語として、ちゃんと熟成できたっていう手応えがある。

原　『傷痕』の良文たちはまだ十三歳ですからね、大人たちとどう戦っていくのか、ドキドキしながら読みました。

――『傷痕』は終戦直後の闇市が舞台です。少年時代の良文と幸太が、大人たちを出し抜いて、自力で命を繋《つな》いでいこうとします。二人の関係は、『キングダム』序盤の信と漂《ひょう》、その後の信と政《せい》の関係と重なるところがありますよね。

原　そうですね。少年が二人っていう設定には、普遍的な何かがあるっていうことなんですかね。

北方　大人と戦わなきゃいけないから、力を合わせないと。少年が一人じゃ立ち向かえない。十三歳の良文が幸太に「二人合わせると二十六だ。立派な大人だぜ」って言うのはそういうことです。二人には何か通じ合うものがあるから、そういう関係が成り立つ。あの二人は兄弟以上の関係だと思いながら書いていました。だから二作目『風葬』の最後で二人が対決する場面は、書いていてつらかったですね。

原　僕もあの場面は読んでいてつらかったです。一作目で描かれた二人の関係を知っているだけに。それにしても『傷痕』の舞台、戦後の闇市に生きる人々の姿が本当にリアルだったんですが、何か具体的なモデルがあったんですか。

北方　一切ないです。

原　調べて書かれたんですか？

北方　いや、何にも調べないですよ。闇市も、私が生まれた頃のことだから知るわけがない。勝新太郎《かつしんたろう》の「悪名シリーズ」なんかの映画を見ているから、闇市はああなのかと思うだけ。

原　終盤、幸太の弟分の和也が倉庫の梁《はり》に上らされて、綱渡りのように走らされるエピソードがありましたよね。落ちては上らされ、また落ちては上らされるという酷い拷問で。あまりにもかわいそうで読み終わって二日ほど引きずったくらいなんですが、あれも創作ですか。

北方　私が考えたんです。幼い子供を拷問にかけるとしたら、どんな方法があるのかな、と。

原　ものすごくリアルでしたね。ほんとにあったことなのかと思ったくらいで。

北方　小説というのは、ちっちゃい子がトットットットットッと梁の上を走ってるという姿を読者にうまく想像させられたら迫力が出るんですよ。『傷痕』は子供の口からそういった様子を語らせてるから、表現のつたなさがかえって切ないわけでしょう。これこれこういう拷問にかかりましたっていう説明的な描写だったら面白くない。

原　文章を書く時には、キャラクターが動く姿をイメージしているんですか。

北方　頭の中で動いてるな。だけど、やっぱり文章は絵とは違うから、文字に変換する時に、論理性をちょっと追加しなきゃいけないんです。そこで冷静になる部分はあると思う。冷静に書くから、読む人がおっかないと思ったり、痛いと思ったりするんじゃないのかな。

原　たしかに怖かったですね。それと、『風葬』で、刑事になった高樹が捕まえた相手の口を割るために、土を詰めた靴下で頭を何度も何度も叩《たた》く。あの拷問もゾッとしました。

北方　あれは実際にあるんですよ。フランス外人部隊の拷問に。アルジェリア紛争だったかな、ゲリラを捕まえた時に機密情報を吐かせるために使ったやり方なんです。

原　たいして強く叩かないのに、だんだん相手の顔色が悪くなっていく。恐ろしい拷問だなと。

北方　拷問にもいろいろあって、股を裂いちゃうような派手なものもあるけど、ほんとの怖さは、やっぱり心を壊されることなんだろうと思います。

原　メンタルが崩壊していく様子が読んでいてほんとにリアルなので、実際の出来事がもとになっているんじゃないかと思いましたから。僕も『キングダム』で戦場のシーンを描く時は、史実をもとにしつつ、リアルに見えるよう自分で考えて構築している部分もありますね。

北方　それはものづくりをする人間の特権ですよ。そうやってリアルに描いて、読者が心を動かしてくれたら、それは虚構を超えた本物なんです。逆に、取材したことをばーっと説明しただけでは、それが事実であっても本物に感じられないと思う。

原　リアリティが大事ですね。それもちょっとした細部から感じられるリアリティ。うちのアシスタントもプロの漫画家を目指して頑張っているので、「ディテールに気持ちを込めなさい」とはよく言っています。

北方　小説もディテールです。セリフもちょっとした言葉の選び方一つで登場人物のキャラクターが変わってしまったりしますから。「そうじゃないか」と「そうじゃねえか」の言い方の違いだけで、その人物の人格が違ってくるんです。

潜在能力を意識的に発揮できる四十代

――「老犬シリーズ」を書かれた四十代の頃、北方さんが小説家として何か変化を感じたことはありましたか。

北方　潜在能力が出せるようになりましたね。潜在能力って何かと言うと火事場の馬鹿力みたいなもの。普段は持ち上がらないものが、何かがあった時に急に持ち上がるわけですよ。小説にしたってそうで、普段は書けないことが急に書ける時がある。宮部《みやべ》みゆきなんかに言わせると、何かが降りてくるって。たしかにそんな感じです。私の場合、三十代まではどうやったら普段は書けないことが書けるのかわからなかった。ところが、四十代になって、ここだと思う時に書けるようになった。

原　集中力をコントロールできるようになったということですか。

北方　追い詰められた時に力を発揮できるぞ、という自信を持てたんです。明後日《あさって》までに三十枚書かなきゃいけない、と追い詰められたら、がーっと書けるようになった。しかも、数日後にゲラを読んで「えっ、うまいな。誰が書いたんだ」とびっくりすることもあって。書いた時のことはすっかり忘れているのに書けている。それが潜在能力が発揮されたということだと思う。

原　後で振り返って「こんな話が描けたんだ」ということは僕もありますね。たとえば、政と呂不韋《りょふい》が、どう国を治めるかという舌戦を交わすところ。呂不韋が国家は金だ、経済だって言うのに対して、政が「人の持つ本質は――光だ」と言い切るまでのやりとりですね。実は政と呂不韋の直接対決をちゃんと描き切れるんだろうか、という不安がずっとあったんですよ。でも締め切りに追い詰められて、なんとか描けたっていうのを毎週毎週繰り返して、後になって振り返ると、こんなふうに描いていたのか、と自分で驚くみたいな。

先ほどのお話に近いような気もするんですが、『キングダム』の連載が始まったのが三十歳。体力に自信があったので、とにかく無茶しながら集中、集中で描いていたんです。ところが四十代に入ってから、集中力を持続させるのがだんだん難しくなってきたんですよね。集中して描ける時間が来たり来なかったりっていう感じになってきた。けれども締め切りの日、今日こそ描き上げるぞっていう時は不思議と眠くならないんです。締め切り前日までは、週の半分くらい眠気との闘いで描いてるんですけど。

北方　それが潜在能力ですよ。締め切りの圧力で出てくるんだ。しかも、思ってもいなかったものが出てきたりするんですよね。ぎゅーっと絞られると、もともと持ってる力が出てくる。王騎が死んだあたりにもそういう力が発揮されているように感じましたね。

原　王騎をどうやって倒したらいいのか、あの時は秦の側ではなく、敵軍である趙の側に立って考えてましたね。天才軍師、李牧《りぼく》だったらいかにして王騎を倒すだろうかと。僕は正直、出たばかりの「ヤングジャンプ」を確認するのが怖くて、少し経《た》ってからコミックスで読んでちょっと安心するんです。よかった、ちゃんと描けてたって。

北方　龐煖の最期の場面は難しかったでしょう。それまで龐煖の圧倒的な強さを描いてきたわけだから。普通の人の五倍ぐらいの身体《からだ》の大きさがある怪物みたいな人でしょう。

そういう人物をどうやって倒すか。

原　そうなんですよね。だからベクトルを変えるしかない。武だけでは倒せないからどうしようって思った時に、呂不韋との舌戦の中で政が「人の持つ本質は――光だ」という言葉を繰り出したように、まったく違うベクトルから対峙《たいじ》して討ち果たすっていう描き方になったんです。

――「個」の力で武を極めた龐煖に対して、信は人々の思いを束ねて力にして対峙するという構図になっていましたね。

北方　龐煖が出てきた時から、どう殺すかを考えてたんですか。

原　当初は考えてなかったですね。そもそも龐煖を出す時に、当時の担当編集者から「原さん、キャラを一回遠くに投げてみませんか」って言われたんですよ。「原さんは回収するのが上手だから、思い切って遠くに投げてみませんか」と。それで極端に強いキャラクターとして龐煖を登場させたという経緯があったので、その後のことはあんまり考えてなかったですね。

死なせたくないのに死んでしまう

――北方さんは登場人物をどう死なせるか、最初から考えているんですか。

北方　いや、考えていません。死なせたくないのに死んじゃうんです。三作目の『望郷』で、最後に高樹良文が死ぬか死なないかって時も、本当は死なせたくないわけですよ。ずっと親しんできたキャラクターを殺したくない。

原　『望郷』のラストは、高樹が亡くなったという解釈でいいんですか。

北方　亡くなったと思っているんですよ、私は。ところが担当編集者は「(海に落ちた)高樹の死体が揚がってない」と言っていましたね。なぜかしつこく「死体が揚がってないのは、エンターテインメントにおいては続編があるということだ」って。

原　そういう気持ちになるのもわかりますけど。でも、見事に終わってますよね。

北方　終わってますよ。「良かったな、もうそろそろ潮時だよ」と高樹に対して声をかけたいような心境で書いていますからね。

原　いいラストですよね。それと、『望郷』の後半のほうはちょっとした描写の中に、良文が「死にそうな感じ」が出ていますよね。

北方　死なせたくないと思って書いてるけど、それでも死んじゃうんだな。本音を言えば、登場人物は誰も死なせたくない。敵であっても。他人の作品でもそう感じることはありますよ。『キングダム』の李牧なんか、敵だけど死なせたくないと思うんだよな。

原　そうですね。でも『キングダム』のキャラに関しては、やはり史実がベースとしてあるので、いかんともしがたいんです。

北方　私なんか、史実ではとっくの昔に死んでる人物を主人公に、十七巻書いたからね。『岳飛伝《がくひでん》』という小説だけど。
原　岳飛、死んでたんですか。
北方　死んでるんですよ。それを生き残ったように書いてるんです。
原　じゃあ、岳飛が右腕を切り落とされているというのは、史実上だと死後に北方さんが付けた設定なんですか。
北方　そう。死んだ後に。だから、そういうふうに読者がだまされてくれればいいんですよ。岳飛は有名人だから史実では死んでるってみんな知ってるんだけど、「知るかよ、小説なんだからさ」って言って生かしちゃった。
原　『キングダム』では、亡くなるはずだった壁《へき》が、史料の誤訳が見つかって、その場で死ななくてよくなったということがありました。

北方　壁はいいよね。大して強くはないけど、誠実で。
原　そうですね。スーパーマンがたくさん出てくる中に、一般の人が交じって頑張ってるみたいな感じで、貴重なキャラクターになりました。
北方　壁と楊端和《ようたんわ》の関係はどうなんですか？　お互いに目線を交わしてるような雰囲気があったんだけど。
原　最初、二人がくっつくといいなと思ってたんですけど、キタリっていう血気盛んな山の民の女の子が出てきたので、いまは壁はそっちのほうに行くかもしれないなあ、と思ったりしています。史実は動かせないですけど、それ以外のことはライブ感で変わっていきますね。流れに任せています。
北方　『キングダム』で特にライブ感を感じたのは嫪毐《ろうあい》。呂不韋が太后の愛人にするために送り込んだ偽の宦官《かんがん》なんだけど、ただのだめ男だったのに太后との関係が深まるにつれて変わっていく。嫪毐の悲しみがにじみ出てきて、ああいうふうに脇の人物を描き込めたのは、この漫画の成功のひとつだと思いました。
原　あれはほんとにライブ感で描いていたんです。最初はどう描いていいか、よくわからなくて、描いているうちにああなっていきました。
北方　嫪毐のエピソードは大成功ですよ。あれこそ『キングダム』の方向性。嫪毐が泣きながら太后を守るっていうところで、これは小説と同じく、まさしく創造だなと思った。共感しましたよ。

原　ありがとうございます。

創作に客観性はない。あるのは主観だけ

原　「老犬シリーズ」三部作に登場するキャラクターは、それぞれ愛《いと》おしいし、切ないですよね。戦争孤児たちの話から物語が始まることも大きいと思うんですが、三部作を通して、主人公だけじゃなく、少年時代に知り合った人たちのその後が描かれることで面白さが増していくと思いました。

少年たちの集まりに紛れ込んできた里子という少し年上の少女がいて、彼女がその後どうなるかも面白かったですね。僕はてっきり大人になって高樹と再会して一緒になるのかなあ、と思ったりしたんですけど。そうならないのも納得できるし、彼女の半生もまた切ない。

北方　ああいうものを書いてると悲しみに満ちてきちゃうんだよな。自分の人生の悲しかったことを思い返しながら書いてるところがあるんです。

さっき原さんが挙げてくれた、『傷痕』でちっちゃな少年が倉庫の梁を走らされて何度も落っこちて、ぼろぼろになった身体で拷問に耐え抜く場面。その後、良文たちに

「言わなかったよ、ぼく」って言う場面もそう。自分がそういう目に遭ったらどうしようっていう幼い頃の想像がもとにある。それが書いてる時にふわっと浮かび上がってきて、広がるんですよ。だから、あの少年も私です。私の小説の登場人物は全部自分なんです。

原　『望郷』でベテラン刑事になった高樹が事件の黒幕に会いに行きますよね。そこで別れ際に病室で、黒幕が高樹に語りかけた言葉がすごく印象的だったんです。もうほんと、読みながら赤線を引こうと思ったぐらい刺さって。

北方　ずいぶん昔に書いたことだから、記憶してるかどうか心許《こころもと》ないけど。

原　ちょっと読み上げさせてもらいますが、「自分が生きてきた人生は、大事にするものだよ、高樹君」「私に、言われていることですか?」「棒に振りそうな顔をしている」っていう会話のやりとりで。このくだり、北方先生がご自身に語りかけているように感じたんですよね。

北方　そのセリフはね、昔、私自身が「棒に振るのか、おまえは」って友達から実際言われたことがあるんですよ。二十代の頃だったと思うけど。

原　それはどんなシチュエーションだったんですか。

北方　私は三十代半ばまでずっと純文学やってて、まったく売れなかった。それを見かねた友達が、「おまえ、人生を棒に振るのか」「棒に振って、道を踏み外すのか」って言うわけ、泣きながら。困ったなと思ってたら、「おまえは一応、司法試験に受かるぐらいの実力はあったんだから、もう一回ちゃんと勉強して試験受けろ」って。まあ結局、受けなかったけどね。で、そのうち本が売れ始めたら、そいつがやって来て「踏み外したとこにも道があるんだな」って（笑）。

原　いい話ですね（笑）。

北方　だから、気障《きざ》なせりふは全部、自分自身に向けて言っているようなところがありますね。あるいは、私が特定の誰か、たとえば原さんに向けて言ってるとかね。書いている時は、そんな感じで自分の口が動いてますよ。

原　だからリアルなのかもしれないですね。僕はセリフを口に出すことはしないですけど、やっぱりその世界に入り込んでるので、ネーム作業の時は一人で感動して泣いたりしてます。はたから見ると何してんだろうって思うでしょうね。

北方　ネームを描いてる時は泣くでしょう。作画の段階になると、客観的にその世界を描く作業だから泣いたりはしないだろうけど。

原　そうですね、絵の時はもう終わってますからね。やっぱり、ネームを描いたり、ストーリーを考える時ですね。そこで泣けると大体成功します。

北方　そうなんだよ。書いてる本人が泣いていたら絶対成功だと思うよ。そういう表現者は主観的すぎる、客観性がないからダメだ、なんていう批判があるけど、ほんとのところでは創作に客観性はないんです。主観しかない。主観に客観性を持たせるから、小説になり漫画になるんだよね。

原　たしかに主観しかないですね。

北方　小説でも漫画でも、登場人物に主観的なことを言わせて、なおかつ普遍性を持たせられるかどうかが勝負だろうと思うな。

――先ほどの「自分が生きてきた人生は、大事にするものだよ／棒に振りそうな顔をしている」というセリフは、原さん個人にとっても切実なものとして響いたわけですよね。

原　そうですね。『キングダム』が始まって以来、漫画を描いてる時はもちろんですけど、描いてない時もどこか脳内に『キングダム』があるので、現実世界の自分と半々で生きてるような感覚があるんですよ、現実世界には片足しか着いてないなと。それによって、自分の人生の現実世界の側を棒に振ってしまっているところもあるんじゃないかと思って。北方先生も僕と同じ四十代の頃、そんな感覚を持たれていたのかなってちょっと思ったんです。

北方　私も長く小説を書いてるから、小説の中にいるような気がずっとしてますよ。だから、ここでこうやってしゃべってることなんかも全部虚像で、ほんとは書いてる自分だけが本物なんじゃないかっていう気持ちはありますね。ただ、私の場合それでいいと思っているから、現実世界の自分の人生を棒に振ってるとは思わないな。

寝てる時に見る夢だって、執筆してる物語の続きを見るからね。まだ書いていないところまで夢に見たりすることもある。目が覚めて、「まだここまでしか書けてないのか」って、ガッカリするみたいなね（笑）。それぐらい入り込んじゃっているとは思う。

原　僕は夢で見ることはまだないですね。ただ、何か自分がおぼろげな中を生きているような感覚はありますね。

五十代、混濁の中から生まれる物語

――創作をする人間にとって、年齢を重ねるということは、どんな意味を持つものなのでしょうか。

原　三十代はもうほんと、ただがむしゃらに、ただただ一生懸命に描いてたっていう感じでしたね。

北方　その懸命さは、『キングダム』を読んでても伝わってきましたよ。

原　特に連載開始当初なんて、冬の時代でしたからね。なんで人気ないのかなぁ、おかしいなぁと思いながら懸命にずっと描いてましたよ。

北方　人気がなかったわけではないと思うけどね。最初から魅力はあったもん。その魅力が具体的に現れてこなかっただけで。それがあるタイミングで、信が「殿の飛矢」になったように、『キングダム』という作品は、ぶわっと舞い上がったんだよ。そういう意味でも、四十代はものを作りながらいろんなものが見えてくる時期だと思うな。私の経験で言えば、五十代になってからは混濁し始めたから。

混濁の良さっていうのもあるんですよ、自分できっちり決めなくても、人を書くとその人が立ち上がって、なんとなく動いていくっていうことがあって、それはそれで小説の良さだと思うんですよね。

原　混濁っていうのは具体的にはどういう状態なんですか。

北方　頭の中で人物を明確にイメージしなくても書けるようになるって感じかな。混濁の中から人物が立ち上がってくる。書いていると、その人が息して、飯食って、眠って、生きている。登場人物が生きているということだけで、もう十分リアリティなんです。そういう変な技を覚えたな、五十代で。

原　すごいですね、混濁の中から、何か勝手に動き出すんですね。キャラが生きてるだけじゃなく、物語も動き出すというのがすごい。

北方　もしかすると混濁しているくらいがいいのかもしれないな。ものを作る時に、あんまり計算するのは良くないんじゃないかと思うから。計算とか設計図はあまりちゃんと作らないほうがいいような気がしますね。

原　僕は設計するんですよ。詳細な年表を作っているので、基本的にはそれに沿って作っています。ここで誰が死ぬとかは決まっています。

北方　私も歴史小説を書く時には、一応、年表は作りますよ。この年に何が起きる、この時期にこういう戦がある、というのぐらいは把握しています。

原　史実以外の部分で、人の動きがどんどん変わっていくっていうことですね。それは僕もそうです。

北方　桓騎だって、「ああいう人格って何なんだ？」って最初は思うわけだけど、過去を描いていくうちに、桓騎の人生が厚みを増していったわけですよね。その結果、桓騎の存在感がさらに大きなものになるんですよ。

原　そうですね、たしかに。

北方　私も小説を書いてるうちに、登場した時点で思っていたのとはまったく違う性格の人間になることがある。だから生きてるんですよ、表現物の中の人物っていうのは。高樹良文もこの三部作の中で、生きて、死んだんです。

――原さんも、もうすぐ五十代に突入ですね。

北方　いま、四十いくつでしたっけ。

原　四十七です。今度の六月で四十八になります。

北方　まだまだこれからですね。

原　そうですか、これからですか（笑）。

もともと『キングダム』を五十歳で描き上げたいっていうのがあったんですけど、それは絶対無理ですし、あと三、四年で完結っていうのも難しいなと思っていて。

北方　まだ相当続くでしょう。

原　そうですね。気を抜くと永遠に終わらない気もするので、聞かれた時は毎回、「あと五年でなんとか終わる」っていうふうに答えてはいるんです。

北方　五年後、また同じことを聞いても「あと五年」ってね（笑）。

原　かもしれないですけどね（笑）。

北方　私もね、よく人に「残りの寿命はあと三千六百五十日」って言ってるわけ。

原　あと十年ってことですか。

北方　そう。けど、五年前もそう言ってたし、今でもそう言ってるし。

原　自動的に寿命が延びてるってことですね。

北方　だから、無理に終わらせる必要は全然ないけど、まあどっかでね。

原　そうですね。いつか、ちゃんと満足のいく形で終わらせたいですね。

撮影／三浦憲治　構成／タカザワケンジ

本書は、一九九二年十月、集英社文庫として
刊行されたものを再編集しました。
単行本　一九九〇年四月　集英社刊
特別対談「小説すばる」二〇二三年五月号

集英社文庫

望郷《ぼうきょう》 老犬《ろうけん》シリーズⅢ

2023年 5 月25日 第 1 刷 定価はカバーに表示してあります。

著 者 北方謙三《きたかたけんぞう》

発行者 樋口尚也

発行所 株式会社 集英社
東京都千代田区一ツ橋2-5-10 〒101-8050
電話 【編集部】03-3230-6095
【読者係】03-3230-6080
【販売部】03-3230-6393(書店専用)

印 刷 中央精版印刷株式会社 株式会社美松堂

製 本 中央精版印刷株式会社

フォーマットデザイン アリヤマデザインストア マークデザイン 居山浩二

ISBN978-4-08-744523-7 C0193